Ibland skriver jag saker

Noveller 2016

MJ

Ibland skriver jag saker

Noveller 2016

Förlag: BoD – Books on Demand, Stockholm, Sverige
Tryck: BoD – Books on Demand, Norderstedt, Tyskland

ISBN: 978-91-7699-424-5

Innehållsförteckning

Förord: Det är hon som skriver

Ibland undrar jag vem det är som skriver. Man får en idé (och även här kan man ju fråga sig vem man får den av), man sätter sig ner och skriver, och det utvecklas till något helt annat.

Jag undrar ibland, vem det är som skriver. När någon frågar "var får du allting ifrån" brukar jag svara att det är min musa som skrivit det, jag är bara hennes redskap. Halvt på skämt. Men innerst inne menar jag det, jag är ingen som tar åt sig äran för någon annans verk så det måste förstås sägas. Att det är hon som skrivit det. Allting. Halvt på skämt, förstås, så jag inte blir inspärrad. Då skulle den stackaren finna sig utan redskap.

Vanligen drar det iväg långt in i den djupaste av skogar eller ner i de mörkaste av vatten. Ibland är det uppenbart från första meningen. Ofta tar det en annan vändning. Alltid lyckas hon överraska mig på något sätt.

Efter en strid ström av djupa skogar och mörka vatten som huserar uråldriga varelser och barn med bleka ansikten skrev jag en liten parodi i ett infall av självinsikt. Jag tror hon tog illa vid sig då, några av de tankar som flög genom mitt huvud kort efter det var riktigt obehagliga. Inget jag var bekväm med att sätta på pränt. Så hon lärde sig nog något då hon också. Men det kanske fanns med i beräkningarna, det kanske inte var meningen att det skulle skrivas ner. Tankar som inte var ämnade att hamna i tryck, någonsin. Kanske var det enda syftet att lära mig en läxa.

Det har hänt att meningarna som forsar ut genom mina fingrar blir lite för närgångna. Det kan bli jobbigt att gå och lägga sig och släcka lyset ibland. Hon har lärt sig vart mina gränser går och respekterar det, inga fler ansiktslösa har dykt upp i mitt badrum sedan hon insett att jag inte är kapabel att hantera det. Eller så tycker hon att jag luktar illa när jag inte duschat på tre dagar.

Men inte ens när jag skämtade om att "jag" blivit lite repetitiv gick hon över just den gränsen, så jag vill ändå tro att vår ömsesidiga respekt sträcker sig ganska djupt. Något som märktes även i hur fort hon kom tillbaka till mig efter att jag försummat henne i år och åter år. Allt som behövdes för att påkalla hennes uppmärksamhet var bara att faktiskt skriva ner något av allt det som snurrade i mitt huvud. Avlägsna rop från någon som törstade efter att få uttrycka sig, rop som blivit svagare med tiden men ändå alltid funnits där. Hon gav aldrig upp, hon vägrade överge mig.

När jag var redo att välkomna henne i mitt liv igen, då kom hon direkt. Det var nästan så att hon skrek av iver att få utlopp för allt det som växt i henne under åren jag skjutit henne åt sidan. Fördrivit henne till ett kreativt mörker, isolerad från allt vad skapande heter. Men hon har aldrig varit ensam. Inte jag heller. Vi har funnits där för varandra, och hon har väntat.

Jag hoppas att jag är redo att göra mig förtjänt av henne den här gången. Jag hoppas att jag är kapabel att inte knuffa bort henne igen. Och jag hoppas att hon väntar på mig nästa gång det händer, att hon alltid finns där någonstans på avstånd och fortsätter viska till mig i väntan på att jag ska börja lyssna igen och välkomna henne åter ännu en gång.

Det var hennes idé att skriva det här, förstås. Jag vet inte vem hon är, eller ens vad hon är. Hon var på väg att skriva något om det. Jag kände att hon ville beskriva sig själv som mystisk, uråldrig, hemlig, skrämmande. Hon ville berätta om de hemligheter som hon annars inte hade kunnat avslöja om de inte fick komma från henne i tredje person. Jag tror hon var sugen på att berätta om mörka skogar och djupa hav och de hemligheter som döljer sig däri. Jag undrar om det är där hon hör hemma, egentligen. På riktigt. Eller om det är dit hon varit förpassad under alla de år jag försummat henne. Om det är så att nu, när hon är tillbaka, bär hon på för mycket av var hon varit. Det har format henne. Hon måste släppa det ifrån sig.

Men jag tror egentligen att det var fiktion hon hade tänkt sig, jag tvivlar på att jag hade kommit närmare sanningen om henne när vi hade varit klara med vår lilla berättelse. Jag vill åtminstone intala mig det. Men när hon märkte att min egen inverkan blev för personlig backade hon och lät mig skriva vidare utan hennes inflytande. Hon kände nog att det inte var hennes sak att styra innehållet mer när hon såg i vilken riktning jag tog det. Själv kände jag att allt som snurrade i huvudet som var ens tillnärmelsevis fyndigt eller bra, rann ut utan att ha formulerats i ord.

Kanske kommer den någon gång. Kanske låter jag henne skriva berättelsen om vem, eller vad, hon skulle kunna vara. Om hon var något annat. Det skulle vara spännande att läsa, så jag ser fram emot att få ta del av det någon gång. Om hon väljer att försöka berätta om sig själv igen.

Och jag hoppas innerligt att hon aldrig någonsin låter mig skriva något på egen hand igen.

Hur personligt det än må vara.

Hur självupptaget det än vore om hon skrev det själv.

För den här texten suger.

Ibland är lyset på

Natten. Mörkret. Det klara ljuset från stjärnorna, nymånen som växer sig full och sedan långsamt tynar bort för att återigen lämna rum till mörkret. Det var den bästa tiden på dygnet, han kunde inte tänka sig en bättre tidpunkt för sina långa, avslappnande promenader.

Alla nattliga ljud som spelade i tystnaden enbart för honom. Syrsorna, trafikljusen och de avlägsna bilarna som kunde höras från motorvägen en halv mil längre bort. Nattens egen symfoni, som spelade enbart för honom.

Det ödsliga. Det ensamma. Det mörka. Det osedda.

Alla var de kvaliteter som tilltalade honom med natten. Ett vackert skådespel, som både fascinerade och ibland kunde vara lite skrämmande.

Han var uppväxt och bodde i ett litet samhälle som för länge, länge sedan var ett självförsörjande farmsamhälle som då levde gott på sin export av timmer. För inte fullt lika länge sedan utvecklades den lilla byn till en bara lite, lite större stad då man fann malmtillgångar i närheten och påbörjade gruvdrift. I perioden mellan världskrigen sinade dock tillgångarna och den då mellanstora staden började gradvis förfalla.

Man hade under de senaste årtiondena genomfört ett antal tappra men fruktlösa försök att profilera sig som turistattraktion. Man rustade upp den centrala kärnan av staden som behållit sin profil från skogshuggarnas tid och försökte skapa en pittoresk, sagoliknande miljö där höns gick fritt på gator och torg och det doftade nybakat bröd från vartenda fönster. Någon kommunpamp hade förmodligen åkt förbi Sigtuna eller haft en badsemester i Visby för skattepengar och fått för sig att den här upplevelsen kan vi nog allt ta och omsätta på sämsta tänkbara sätt.

11

Man försökte även slå mynt av diverse spökhistorier och legender som slagit fäste i trakten, vilket visade sig vara en föga givande satsning då inga av skräckhistorierna nått någon spridning att tala om bortom ett högst begränsat geografiskt område, och för utomstående som saknade lokal förankring framstod de mest som banala lägereldshistorier. Knappast något att planera semestern utifrån.

Den djupa skogen med sina tragiska mysterier hade obarmhärtigt skövlats och fått ge plats åt en konstsjö där man odlade ädelfisk. Gamla herrgårdar i kommunen som var ursprung till några av de mer fantastiska spökhistorierna, många av dem sanna, hade rivits för att bygga hyreshus och välkomna internationella klädkedjor och moderna caféer som sålde dyr latte. Så de turister som mot förmodan lockats till platsen av de gamla övernaturliga sägnerna, främst entusiaster som flockades på internetforum för att dela spökhistorier och gryniga videoklipp med linsöverstrålning, fick finna sig i att visas runt till platser där det en gång stått byggnader där det en gång hänt något oförklarligt. Men idag kan man köpa en ny tröja här. En tröja med tryck.

Sagoidyllen var inte mycket att hurra för den heller. Något nybakat bröd var inget man kände doften av, hönsen som fick gå fritt skitade mest ner och de flesta besökarna tyckte bara att det var konstigt. Den mest populära turistattraktionen idag visade sig tragikomiskt nog vara de fyra älgar man höll sig med i en inhägnad. Detta lockade till sig en och annan tysk men ingen av tröjorna med tryck som såldes hos de internationella klädkedjorna hade älgar, så tyskarna fick nöja sig med några vykort i resväskan när de åkte hem.

Bland de unga männen och kvinnorna i samhället var arbetslösheten vida omfattande. Efter avklarad utbildning stod få alternativ till buds. Man kunde flytta därifrån för att studera vidare efter gymnasiet eller söka anställning i någon av de större städerna i landet. Man kunde ta arbete i familjeföretaget, om familjen hade något företag. Vilket få hade idag. Eller så kunde man välja arbetslöshet.

Själv hade han haft turen att hitta en lärlingsplats på ett snickeri i utkanten av staden, som tids nog ledde till en deltidsanställning. Det gav såklart inte de stora pengarna, men det gav honom sysselsättning om dagarna och han trivdes ganska bra där. Kollegorna var trevliga och chefen var inte dum i huvudet, mer än så kan man inte kräva på en arbetsplats, resonerade han. Utöver det dagliga arbetet hade han inte så mycket annat att fylla sin tid med, de flesta ungdomsvännerna hade valt alternativet att flytta någon annanstans för att skaffa sig en dräglig tillvaro och några hobbies hade han inte att tala om. Han ägnade förvisso mycket tid till att promenera, om nu det skulle räknas som ett fritidsintresse.

Han kunde för all del promenera alla timmar på dygnet när han inte arbetade, men framförallt uppskattade han långpromenaderna efter mörkrets inbrott. Det var den bästa tiden på dygnet, då kunde han samla tankarna och bara vara. Just den gången, en sen oktoberkväll då några få lysen fortfarande var tända i lägenheterna han passerade, hade han bestämt sig för att gå en annan väg än han gjort tidigare, bland några avsides lägenheter och små hus placerade mellan små industrier, parker och stora oanvända ytor. Någon stadsplanerare måste en gång i tiden ha druckit något starkare än te till frukost..

Det bjöds inte på några särskilda nyheter, egentligen. Det var en liten stad, de flesta gator hade han korsat en eller annan gång. Han kunde bara inte erinra sig att han tagit en nattpromenad längs just den här vägen tidigare, men det var heller inget speciellt med den planerade färdsträckan som lockade honom. Bara samma gamla hus och byggnader som står där på dagen. Bara en sträcka som tog honom hemifrån och sedan tillbaka hem igen. Men det var nytt för honom att utforska just de här välbekanta vägarna på natten och återupptäcka dem i mörkrets prakt.

Han hade gillat det. Det var väl inget särskilt egentligen, men heller ingen större nackdel med att vandra just den vägen. Marginellt tråkigare än alternativen kanske, så han skulle nog tröttna på den snart, men just för stunden fungerade den bra som variation. Så han lade promenadvägen till sin mentala lista över standardsträckor. Ännu en att addera till utbudet. Det visade sig även finnas en liten detalj längs den nyfunna promenadleden som kittlade hans nyfikenhet bara lite, lite extra. Ett hus som skulle komma att få en särskild plats i hans hjärta. Vad som med tiden skulle visa sig vara det mest skrämmande ruckel han någonsin sett i sin lilla stad. Det var nedgånget och fallfärdigt och stod väl gömt på en innergård mellan några hyreshus. Han fann det besynnerligt att det inte rustats upp, eller rivits för att ge plats för, ja, vad som helst hade väl varit en förbättring.

Han återkom sedan gång på gång till det gamla huset under sina nattliga promenader, han brukade alltid stanna upp och beundra dess genom förfallet framväxande skönhet. Det var inget han direkt hängde upp sig på, han ägnade aldrig en tanke åt byggnaden annars. Men just under de sena promenaderna stannade han upp och reflekterade över dess egendomliga skönhet.

En natt då han nådde fram till sitt vackra fula ruckel stannade han plötsligt upp med en isande rysning i kroppen. I den gamla byggnaden, som alltid stått tom och öde, till synes obebodd, lyste det nu i ett av fönstren. Efter några långa sekunder lyckades han bryta förtrollningen och raskt vandra därifrån. Hans hjärta slog hårt och adrenalinet pumpade i blodet. Den natten valde han en något kortare färdsträcka hem än han normalt brukade, rättare sagt raka vägen hem. När han väl var hemma tände han varenda lampa i sin bostad innan han vågade gå och lägga sig. En tänd lampa i ett fönster borde inte väcka den sortens skräck, men han fylldes av en stark olustkänsla som han inte kunde förklara.

Dagen därpå bestämde han sig för att stanna hemma från sitt arbete för att undersöka vad det egentligen var för byggnad och vad som kunde tänkas pågå där inne. Det borde han kanske inte ha gjort, men nyfikenhet är en drift som är svår att stilla med annat än kunskap. Då han för första gången tog en ordentlig titt på det i dagsljus kunde han inte finna något märkvärdigt alls med det. Det var varken särskilt vackert eller skrämmande, bara ett murket, förfallet gammalt hus som antagligen skulle falla i bitar vilken dag som helst. Trots detta var byggnaden väl igenbommad och det visade sig omöjligt att ta sig in. Antagligen för att hålla ute klottrare och vandaler.

Lite väl hårt igenbommad tyckte han, men ingen var ju riktigt klok i den här staden, så antingen förvarade man landets guldreserv där inne eller så värderade man en gammal möglig tapet högre än självaste Mona Lisa. Eller kanske ville man verkligen försäkra sig om att ingen av klottrarna och vandalerna tog sig in och trampade genom ett murket golv och stukade foten. Fanns det en ägare skulle ersättningskraven för sveda och värk förstås bli skyhöga. För så fungerade det visst i det här landet nu.

Nåväl, nästa anhalt var stadsarkivet, eller rättare sagt kommunarkivet, där han tänkte söka rätt på husets ägare. Han såg förvisso framför sig en ganska besynnerlig konversation, "jo hej, ditt gamla ruckel, jo alltså det tändes en lampa där häromkvällen", men det var det där med en nyfikenhet som måste stillas och hela den biten. Till hans stora förvåning, och växande obehag, visade det sig att huset varit obebott sedan mitten av 1700-talet, kort efter att det upprättats av dess första ägare. Den enda ägaren. Därefter fanns inga som helst hänvisningar till att huset ens skulle existera. Han visste nu alltså att huset byggts en gång för över

250 år sedan och han hade sett med egna ögon att det stod kvar där idag. Men det var allt och däremellan ingenting.

Veckorna gick och de nattliga promenaderna blev allt färre. Vägen förbi det mystiska huset hade han inte längre för avsikt att promenera längs sedan han såg lyset. Han kunde dock inte låta bli att tänka på huset, varje dag, varje vaken timme. En besatthet växte fram och till slut kunde han inte hålla sig därifrån längre och bestämde sig för att gå förbi huset igen. Men den gången fanns där inget lyse. Han gick förbi där ytterligare tre nätter i rad, för att på den fjärde natten återigen notera det ensliga lyset i rummet i hörnet på den övre våningen.

Trots ljuset märktes dock ingen övrig aktivitet i eller utanför byggnaden. Han gick snabbt därifrån, men återkom natt efter natt. Efter tre veckor hade han upptäckt någon form av mönster för när "fenomenet" uppenbarades och även lagt märke till att det alltid inträffade exakt mellan 23:30 och 00:05 på natten. Han bestämde sig snart, utan några större betänkligheter, för att gå dit en natt då han visste att lyset skulle vara tänt och ta sig in i byggnaden. På något sätt måste han komma in! Det skulle visa sig vara ett misstag.

Natten kom och han gick dit med bestämda steg. Mer upprymd och förväntansfull än rädd. Klockan 23:20 stod han utanför huset och tittade upp mot det ännu släckta rummet, fast besluten att bryta sig in i byggnaden. Till sin stora förvåning och begynnande fasa upptäckte han att ytterdörren nu inte längre var förseglad. Det var bara att öppna den och kliva in i det kompakta, kolsvarta mörkret som fyllde interiören av det gamla huset. Kanske hade någon redan tagit sig in där ikväll? Kanske hade den som gått in för att tända lampan glömt att försegla dörren efter sig...utifrån. Alltid utifrån. Även när lyset var tänt, rentav när det tändes, var dörren låst och förseglad utifrån. Han hade inte begrundat den detaljen förrän nu, när det var till synes fritt tillträde.

Och nu var det för sent att hänga upp sig på detaljer. För sent att vända om.

Han trevade sig försiktigt in och stängde dörren bakom sig. Han visste inte varför, men något hade förmått honom att stänga dörren. Nu kom rädslan krypande. Han hade aldrig någonsin varit så rädd men han kände sig ändå tvingad att gå vidare, att gå därifrån var inte en möjlighet längre. Han måste få svar. Han måste få veta. Till slut, efter vad som kändes som flera timmar i det totala mörkret, hade han äntligen hittat till det rum på andra våningen där lyset ibland var på. Han hade inte sett eller hört någon annan människa på vägen. Han hade heller inte känt någon doft längs vägen, vilket kanske är en udda sak att reagera på, men gamla ruckel och förfallna hus har som bekant en speciell doft. Den brukar påminna lite om en jordkällare. Lite trä, lite damm, lite instängt. Men det luktade verkligen ingenting.

Han var rädd att han missat tiden, men då han tittade på sitt armbandsur var klockan inte mer än 23:21. Det hade tagit honom en minut, det som kändes som en evighet. Han var upprymd och näst intill skräckslagen, men mest av allt hade han en tärande nyfikenhet som måste stillas. Han satte sig ner på golvet och väntade i vad som verkade vara ännu en evighet.

Då klockan äntligen blev halv tolv började plötsligt högljudda klockor att slå i hela huset, något han aldrig hört tidigare då han befunnit sig på utsidan. Det kändes som om hela rummet började snurra i takt till det överväldigande ljudet från dussintals ringande klockor. Ytterdörren började slå och genom de trasiga väggarna började isande stormvindar tränga sig in.

Utanför huset hördes inte ett ljud från klockorna. Ej heller syntes eller hördes några tecken på de isande stormvindarna. Det enda som kunde förnimmas var en lätt bris och det tickande ljudet från trafikljusen. Men plötsligt syntes ett litet livstecken inifrån huset, då lyset tändes i ett av rummen på den andra våningen. Inget mer hände därefter. Trettiofem minuter senare slocknade lyset och huset blev helt mörkt igen. Dörren var förstås förseglad igen. Inte för att hålla ute vandaler och klottrare. Inte för att skydda något...där inne.

Den unge mannen sågs aldrig mer till. Ingen av hans släktingar eller vänner saknade honom, ej heller på hans arbetsplats uppmärksammades hans försvinnande. Det var som att han aldrig hade existerat. Även i de statliga registren lyste hans personuppgifter med sin frånvaro.

Det enda dokument som existerade där hans namn figurerade, var en gammal fastighetshandling från slutet av 1700-talet där han utpekades som köpare av ett hus mitt i staden. Han omnämndes där som husets andre ägare, och även den siste ägaren någonsin. Efter denna tidpunkt fanns inga andra dokument som nämnde varken honom, eller huset.

När du sover

De betraktar dig när du sover. De tysta. De ansiktslösa. De mörka. De vakar över dig. Inte för att ge dig skydd, ej heller för att de vill dig illa. De bara betraktar i stillhet. När du är liten gömmer de sig under sängen, eller i garderoben. I takt med att du växer ifrån förmågan att förnimma dem vågar de sig ut i det öppna. De vill dig inget, men de har inget annat syfte.

Det är dem du ser i ögonvrån när du passerar en spegel med lamporna släckta. Det är de som stryker dig över ryggen när du känner kalla kårar och rysningar utan någon förklarlig anledning.

De betraktar och återberättar. På dagarna, när du rest dig upp ur din säng och lämnat sovrummet, återvänder de hem. De berättar för de andra. För de som väntar, för de som inte finns än och för de som aldrig kommer att finnas.

Känslan av att du inte är ensam, det är deras närvaro du anar. När något oförklarligt händer i din närhet, det är de som vill ha uppmärksamhet. När lamporna blinkar till, strömflödet till hemelektroniken glappar, något ramlar ner från bokhyllan, de talar till dig då. Men du lyssnar inte.

De vill dig inget, men de har inget annat syfte.

Du lyssnar inte. Så de betraktar dig.

När du sover.

Bara skogen kvar

En rostig cykel halvt nedsänkt i en vattenpöl. Ett övergivet skjul. Ljudet av en motorväg. Täta trädkronor som döljer den klara stjärnhimlen. Hemligheter som grävts ner och förmultnat. En gång liv. Nu finns bara skogen kvar. Skogen och mörkret.

Något rörde sig mellan träden där inget levande väsen befann sig. Viskningar kunde höras, utan något ursprung.

Havet befann sig på andra sidan motorvägen, bortanför det lilla samhället. En skiljelinje av civilisation mellan det blå djupet och det livlösa gröna. Han hade tagit sin tillflykt till skogen. Skogen och mörkret. Den döda skogen, som den kallades. Där fanns träd, växter, spår av bebyggelse från gamla tider. Men inga levande varelser. Inga djur, inga insekter.

En gång i tiden var den som vilket skog som helst. Men något hade förändrats. Fåglarna hade övergett trädkronorna, skalbaggarna följt efter. Kvar fanns bara träden. Och hemligheterna. Något från havet hade flyttat in. Något från djupet. Något som ej var skapt för att röra sig bland det som levde. Och allt hade flytt. Lämnat det ifred.

Han insåg det nu. Han hade skapat avstånd mellan sig själv och havet, lämnat det bakom sig på den andra sidan civilisationen. Men det han försökte fly ifrån fanns redan här och väntade. Det hade väntat i en evighet. Det hade tålamod.

Det fanns ingenstans att vända sig nu, ingen riktning att röra sig. Han var omfamnad av skogen. Och mörkret. Och tomheten. En gren knäcktes, men ingen var där. Rösterna som viskade till honom från det gamla skjulet försökte förmå honom att fly. Han hörde uppgivenheten i det som inte uttalades med ord. Det var redan för sent. Något hade väntat på honom. Han hade gått det till mötes. Det fanns ingen återvändo. Ingen utväg.

En liten flicka uppenbarade sig utanför skjulet. Hon var ung, men gammal. Hon var tom, men fylld av insikt. Insikt om vad som väntar. Insikt om vad som kom innan. Hon såg ledsen ut. Han hade sett henne förut, under tystnad. Hört hennes skratt när han inte kunde se henne. Han hade aldrig sett henne så ledsen. Uppgiven. Hon tyckte synd om honom.

Han kallade henne "lilla flickan". Han hade teorier om vem hon var, eller, vem hon varit en gång för många generationer sedan. Han hade så gärna velat hjälpa henne, men fann sig oförmögen. På samma sätt, misstänkte han, som hon ville hjälpa honom nu men inte kunde. Eller inte fick. För vem? Vems tillåtelse behövde hon? Vems förbud hade bundit henne i oförmåga att ingripa? Och vad gjorde hon i skogen? Skogen, där inget levande längre befann sig. Och fram till denna stund, ej heller de döda.

Men något hade förändrats. Han var där nu. Det var inte första gången. Men något hade förändrats. Det hade väntat på honom länge nog. Det hade tålamod, men det var dags nu.

"Fly!" viskade rösterna utan ursprung. Lilla flickan grät. Nu fanns bara skogen kvar. Skogen, och mörkret.

Så ensam

Något rör sig, under ytan. Något uråldrigt. Något som lever där. Något som existerade innan tiden fanns. Långt innan skapelsen. Den lever i vattnet. Alltid. Överallt. Den har blivit gammal och trött, och känner sig ensam. Väldigt ensam.

Den känner till familjen som bor här, som dröjt sig kvar här i sekler. I väntan på det slutgiltiga. Den brukar besöka dem ibland genom vattenledningarna, i väggar, i tak. Men inatt är den bunden till vattenmassan, oförmögen att flytta sig. Med undantag för den ständiga rörelsen under vattenytan. Fram. Och tillbaka. Familjen får förstås inte lämna byggnaden. Så inatt är den ensam.

Den vill inte att jag går. Den vägrar låta mig gå. Den är ensam inatt. Så ensam. Jag blir kvar en stund och finner ro i vetskapen att den inte längre behöver vara ensam.

Vi talar om livet. Döden. Evigheten. Hemligheter dolda i djupet av havens hjärta. Hemligheter vi dödliga ej bör känna till. Jag förstår varför.

Efter en stund försöker jag ursäkta mig, det är dags att gå. Den släpper mig fri nu. Den låter mig gå. Gå bort från vattnet, lämna den ensam. Allt medan den fortsätter simma under ytan. Fram. Och tillbaka. I en evig rörelse. Ensam.

Och jag, jag har fått höra saker jag inte borde hört.

Jag vet vad familjen väntar på.

Jag har sett begynnelsen och slutet.

Den borde inte ha visat mig, men jag förstår varför.

Och jag förstår nu varför den känner sig ensam. Så ensam.

Och jag känner mig plötsligt lika ensam jag.

Det blev mörkare

Lyset slocknade. Eller, ljuset började gradvis försvinna, som om någon vred på en dimmer. Lyset släcktes aldrig. Det var fortfarande upplyst, dunkelt men upplyst. Trots att jag inte har dimmer till min belysning. Mina lampor tonade bort i en tomhet som tog deras plats och det blev mörkare, men lyset släcktes aldrig. Förmodligen.

Det var svårt att säga med exakthet vad som hänt. Jag var inte hemma längre, men ändå var jag det på något sätt. Eller var jag? Jag visste inte säkert, men vad var alternativet?

Nyss satt jag i soffan i trasiga mysbyxor och stickade sockor och bläddrade igenom Netflix. Min sköna gamla slitna soffa. Efter vad som måste varit närmare en timme hade jag till sist hittat en fyra år gammal komedi som jag redan sett. Den var inte särskilt bra, men den skulle ha bjudit på förströelse i 83 minuter, eftertexter ej inräknat. Det var ändå gissningsvis tjugotre minuter mer än jag redan slösat bort på att leta något att se. Fryspizzan i micron hade sedan länge tinats upp, värmts och slutligen hunnit svalna igen. Till och med mikrovågsugnen hade gett upp förhoppningen att erhålla någon uppmärksamhet inom det närmaste och slutat tjuta ut sina enerverande, fruktlösa påminnelser att maten var färdig.

Jag visste inte vad som hänt mer än att det blev mörkare. Jag satt inte längre i min sköna gamla slitna soffa. Jag hade inte längre mina trasiga mysbyxor eller mina stickade sockor på mig. Jag hade ingenting på mig, men jag kände mig inte naken. Jag är inte övertygad om att jag faktiskt var naken, trots den uppenbara avsaknaden av klädsel. Det är svårt att förklara, på samma sätt som det där med lyset övergick mitt förstånd när det begav sig. Jag var ändå kvar i mitt rum. Jag satt inte längre i min soffa, men den fanns där. Som ett minne som tagit form och fått en fysisk närvaro. Ljuskällorna var borta och ljuset hade försvunnit. Men lyset hade inte släckts. Det hade bara blivit mörkare.

Jag såg henne först som en vag silhuett i andra änden av rummet. Mitt vardagsrum som inte längre var mitt vardagsrum. Det var större. Tomt. Inte på saker, mina möbler var kvar. Men det var inte mina möbler. De var förvrängda. Som om de en gång i tidens begynnelse varit placerade i någons vardagsrum, som inte längre var ett vardagsrum, och sett fler generationer människor passera än vad som någonsin existerat. De var som vålnader av möbler som en gång i tiden hade figurerat som rekvisita i en dröm. Hos en drömmare som inte var av denna värld.

Jag såg hennes konturer på avstånd, en skugga som rörde sig i kompakt mörker. Men jag kan inte svära på att jag faktiskt såg henne. Inte med mina ögon i alla fall, som fortfarande kämpade för att vänja sig vid mörkret. Kanske var hon mer som en förnimmelse av någon, eller något, som fanns där borta. Någon som samtidigt inte befann sig där alls. Någon som redan var intill mig, vid min sida, bakom mig. Runt omkring mig.

Någon, eller något, som sedan länge upphört att existera och lämnat kvar en tanke om en skepnad, som återigen tagit fast form. Hon var klädd i svart. Förstås. Hon hade en lång svart klänning som svepte över marken allt medan hon rörde sig mot mig. Om nu rörde sig var en korrekt beskrivning. Det var som att hon flöt genom luften, som om marken under hennes fötter var en projektion av något som egentligen inte var fast materia. På något sätt visste jag att det var marken som inte var verklig. Att hon var på riktigt. Jag undrar om marken ens faktiskt befann sig under hennes fötter. Var det inte som om hon på något sätt rörde sig under den? Eller i den? Flöt hon rentav genom den? Jag vet inte, vad jag bevittnade är jag som sagt inte säker på att jag faktiskt såg med mina ögon.

Det började knastra i luften när hon kom närmare. Som ett konstant flöde av statisk elektricitet. Det skrapade under hennes fötter, som befann sig i marken där hon svävade mot mig. Genom marken. Under den. Ett skrapande ljud som påminde om när man långsamt släpar med skorna över grus på asfalt. Mycket långsammare än hon rörde sig framåt, mot mig. Jag kände igen doften av motorolja, som blev allt starkare ju närmare hon kom.

Hon rörde sig ut ur mörkret, in i det dunkla ljuset och jag såg nu tydligt hennes bleka ansikte. Hennes hy var slät men förmedlade ändå intrycket av att hon var gammal. Mycket gammal. Uråldrig. Jag skulle vilja säga "evig" rentav, men något sa mig att varken hon eller den här platsen skulle existera särskilt länge till. Hennes ögon var helt vita, eller ljust grå snarare. Inga pupiller, ingen iris.

Hon särade på sina läppar, men det var ingen mun som öppnades. Det var en tomhet. Ett kompakt mörker som inte hade något slut. Ljudet av skarpa fingernaglar som dras långsamt över en krittavla skar i mina öron, genom min kropp. Doften av motorolja var kväljande.

När hennes långa, bleka fingrar sträcktes upp mot mitt ansikte slöt jag ögonen snabbt och blundade hårt. Jag kände en svag smekning över kinden. Som om någon försökte kittla mig med en fjäder. Eller gjorde jag det? Kände jag egentligen en iskall, fuktig hand med skarpa fingernaglar som försökte riva genom min hud? Jag kan inte svara på det. Jag vet inte var jag befann mig, hur jag hamnat där eller vem hon var. Jag vet inte ens om det var på riktigt. Det kan inte ha varit verkligt. Det måste ha varit en dröm. Det finns inget annat logiskt svar.

Jag öppnade ögonen när jag hörde telefonen ringa. Jag var hemma igen. Kanske. Jag satt i alla fall återigen i min soffa, min sköna gamla slitna soffa. Jag stirrade på mina välbekanta tapeter. En snett upphängd 4-färgsposter som föreställde en naken kvinna, halvt uppsprättad. Hennes inälvor bestod av rosor. En billig reproduktion av en klassisk Dalí, 79:50 plus frakt på internet. Jag hade aldrig fått den att hänga rakt, hur jag än försökte justera den så hittade den alltid tillbaka till en lätt lutning. Alltid samma vinkel, samma lutning. Men den hängde inte snett längre. Jag kunde heller inte undgå att känna att lädret i min sköna gamla slitna soffa var spänstigare. Som om någon suttit och tröttat ut den under loppet av tre, kanske fyra år. Jag hade haft den i femton och sovit i den varje natt.

Telefonen fortsatte ringa. Jag hade inte hört ringsignalen tidigare. Eller, jo, det hade jag förstås. Låten var bekant på något sätt. "Minns du än hur det var, när vi möttes du och jag?" Jag hade aldrig haft den som ringsignal, eller någonsin ens lyssnat på den på mobilen. Jag är inte ens säker på att jag faktiskt hade hört den tidigare, egentligen. Kanske på radio i min ungdom? "Vi ska gå hand i hand, genom livet du och jag." Nej, det stämde inte...hade jag hört den i någon annans ungdom? Kände jag igen någon annans minnen? "Om det händer ibland att vi ledsnar någon dag, ska vi trösta varann." Jag ville inte höra mer, så jag svarade efter viss tvekan, jag vågade inget annat.

Det var ingen där. Ringsignalen slutade förstås, men samma låt spelades nu genom telefonen. Brusigt. Med störningar. Dålig mottagning. Var det ens samma låt? Vad jag kunde urskilja från texten lät bekant, något ord här och där...bekant? Lät det bekant från ringsignalen på min mobiltelefon alldeles nyss? Eller lät det bekant från minnet av att ha hört den för länge sedan? Minnet som kanske inte ens var mitt eget?

Musiken lät klar och ren, det var bara rösten som var förvrängd av statiskt ljud. Som om det inte egentligen var en riktig människa som sjöng. Som om vitt brus fått liv och odlat stämband och nu försökte sig på Svensktoppen. Och ovanpå det, ljudet av skarpa fingernaglar som dras långsamt över en krittavla.

Min kind började blöda. Jag förstod vad hon ville förmedla. Jag hörde vad hon sa.

Även om min hjärna inte kunde översätta ljuden till något sammanhängande budskap, så förstod jag.

Jag hörde.

Jag visste.

Vi ska trösta varann.

Jag hade inte drömt. Allt var på riktigt. Inget var verkligt. Mitt hem var inte längre som jag mindes det, men hade heller aldrig varit det. Men det var ingen dröm. Det var på riktigt.

Min sköna gamla slitna soffa hade inte varit en dröm. Den hade helt enkelt aldrig varit verklig. Inte ens nu när jag satt i den.

Den förvrängda versionen av mitt soffbord när det blev mörkare var ingen dröm. Det var på riktigt. Vi ska trösta varann. Inget var verkligt. Och jag minns än hur det var, när vi möttes du och jag. Jag minns nu. Det var ingen dröm. Det var på riktigt.

Minnet var inte mitt. Det var ingen annans. Inget var verkligt.

Det blev mörkare.

Som en labyrint

Den var som en labyrint, den gamla byggnaden. Långa gångar som ledde till återvändsgränder, de halva våningarna som de knöt samman. Man visste inte vem som en gång hade ritat den. Det fanns teorier, men ingen av dem stämde. Det mänskliga psykets strävan efter att skapa samband där inga existerar, skapa förståelse där ingen finns att finna.

Det fanns ingen information om ett exakt årtal när byggnaden hade upprättats. I stadsarkivet fanns bara vaga referenser. Den var förstås inte äldst i staden. Trodde man. Men den hade funnits där i många generationer. Trodde man.

Arkitekten som låg bakom hade aldrig givit sig tillkänna. Konstruktörerna och byggnadsarbetarna som omsatt hans, eller hennes, vision till något konkret lämnade ingen dokumentation efter sig vad de uträttat. Vad det egentliga syftet var med byggnaden hade de alla tagit med sig till graven, dit de raskt skyndat efter färdigställandet.

Idag användes delar av byggnaden som kontor. De yttersta rummen. Längre in hade den stängts av. Dit man måste följa gångarna för att nå. De långa gångarna, som ledde till återvändsgränder som inte fyllde någon praktisk funktion.

I entrén lossnade saker från väggarna. I alkoverna kunde man under bråkdelen av en sekund se nakna människor som stod och grät. I trapporna som inte ledde någonstans hördes ramsor på ett språk som fallit i glömska. Man kände sig betraktad när man klev in genom ytterdörren. Man var aldrig ensam. Man fick aldrig vara ifred.

Ibland hittade man sovande människor på golvet som inte visste hur de hamnat där. Människor som inte hörde hemma i byggnaden. Anställda kunde försvinna utan att någon såg dem gå, de vaknade i sina sängar morgonen därpå utan något minne av hur de kom hem.

Elektronik stängdes av och slogs på utan mänsklig interaktion. I vissa av rummen kunde man inte ha radion på, där fångade den in signaler som drev folk till vansinne. Telefoner kunde ringa utan att det fanns en mänsklig röst på andra sidan, som talade på samma bortglömda språk som viskades i trapporna. Man hade lärt sig när man inte skulle svara. I en fax kom det ibland kartor över byggnaden som visade vart den ville att man skulle gå. Ingen hade någonsin följt dem.

Det fanns en osalighet i luften. Något ville ge sig tillkänna, men kunde inte hitta rätt väg ut genom de långa gångarna. Människorna som befann sig i byggnaden kunde ana att så var fallet, men försökte efter bästa förmåga att avfärda det som vidskepelse. Det gick sådär. Ingen hade hittills vågat ta till sig till fullo att detta var sant. Eller att det, var syftet med byggnaden.

Creepy, scary, lovely

Hon visste att det snart var över. Hon hade nått slutet av sin resa. Vägs ände. Vad var meningen med att det skulle sluta nu? Vad var meningen med att det ens hade tagit sin början, att hon över huvud taget existerade? Frågor hon aldrig skulle få svar på. Innerst inne ville hon nog inte veta.

Hon hade sett dem till och från genom hela sitt liv. Så länge hon kunde minnas, när hon tänkte efter. De hade funnits i periferin men aldrig gett sig tillkänna. Ibland gick det månader utan att hon såg någon. Ibland kunde hon se ett par av dem inom loppet av bara några timmar. Alltid ensamma. Hon hade ett vagt minne av att ha lekt kurragömma med dem när hon var riktigt liten.

De senaste veckorna hade de inte låtit henne vara ifred. De hade förstås inte besvärat henne, eller ens sökt kontakt, men de hade funnits där. Ständigt. Ibland flera samtidigt. Och hon upplevde att de kom närmare. Avståndet på vilket de befann sig hade kortats. De hade tagit steget in från periferin. De var inte längre borta när hon tittade efter dem, när hon vände blicken mot dem stod de kvar. Det hade aldrig hänt förut.

Understundom befann de sig rakt i hennes blickfång. Alldeles framför henne, i ett kort ögonblick. Och de kom närmare. De kom ständigt närmare. På bussen. I snabbköpet. Överallt där hon befann sig, kunde hon nu se dem.

Barnen.

De med kritvit hy. Kolsvarta ögon. Sylvassa tänder. Iklädda gammaldags skoluniformer.

Hon hade sett dem i lekparker, förstås. Som vilka barn som helst. Men det var inte längre ett ensamt barn som sprang mot gungorna eller över en klätterställning, för att ögonblicket därefter vara spårlöst borta. De var nu flera. Alltid flera. Ingen av dem sprang längre. De bara stod där.

Sida vid sida. Uppradade. De iakttog henne. Det hade aldrig hänt förut.

De senaste dagarna hade de börjat röra sig i gemensam takt, sida vid sida, mot henne. Men hon såg dem inte röra sina ben eller lyfta sina fötter från marken. De hade mött hennes blick med sina kolsvarta, livlösa ögon. De hade börjat le och blotta sina sylvassa tänder.

Det hade aldrig hänt förut.

Hon var en helt vanlig tjej. Helt okej betyg i skolan. Helt okej arbete. Helt okej lön. Hon var en helt vanlig tjej med en helt okej tillvaro, kort och gott. Någon djupare mening med livet hade hon aldrig riktigt funderat på särskilt ingående. Hon hade aldrig lagt någon större tankemöda på att kontemplera sin egen existens, vad syftet var med att hon blivit född, om det fanns någon mening med varför hon var här eller om hon var ämnad att åstadkomma något särskilt. Hon var kort och gott en helt vanlig tjej med en helt okej tillvaro och det var hon rätt så jäkla nöjd med.

Mer än så hade hon aldrig ägnat en tanke åt de så kallade stora frågorna. Förrän nu.

Vilka var barnen? Hon hade ju förstås sett dem tidigare, genom hela sitt liv när hon tänkte efter, men avfärdat dem som synvillor, eller hjärnspöken. Minnen av låtsaskompisar hon hittat på i sin barndom. Det hade aldrig funnits något barn kvar med kritvit hy och kolsvarta ögon, iklädd en gammaldags skoluniform, tidigare när hon försökt fästa blicken på någon av dem. Först hade hon förstås inte tänkt på det, hon hade inte reagerat på vad hon sett i ögonvrån och därför ej heller sökt bekräfta att det inte var en illusion.

I takt med att hon verkligen börjat lägga märke till dem hade hon förstås börjat titta efter dem mer noggrant. Men det var först på sistone de funnits kvar när hon sökt efter dem med blicken. Och det hade, som sagt, aldrig hänt förut.

34

De skrämde henne, men hon kände trots det en konstig samhörighet med dem. Det skrämde henne mer.

Minnesbilderna från barndomen, minnen av låtsaskompisarna, fick pusselbitar att falla på plats. Hon önskade att hon kunde glömma bort dem. Att de skulle lämna henne ifred. Men hon visste att det inte var den vägen hon nu följde. Hade kanske aldrig varit.

Första gången hon såg dem i sitt hem var en torsdagkväll. Hon fick en känsla av att det inte var första gången de var där, men det var första gången hon faktiskt såg dem i sin lägenhet. Hon hade precis gjort middag och slagit sig ner i vardagsrummet. Hennes första tanke var att hon måste därifrån. Hon måste ut. Hon måste fly från sitt eget hem. Hennes andra tanke var att det var synd att maten skulle gå till spillo. De rörde sig mot henne. Långsamt. Hon såg dem inte ta några steg, men de befann sig närmare varje gång hon kastade en blick mot dem. Hon såg något i deras kolsvarta ögon när de log. Något tomt. Något fasansfullt.

Hon slet åt sig en jacka och ett par skor och sprang ut i trapphuset. Hon lämnade ytterdörren öppen och sprang ner för trapporna. Det var olikt henne, men hon hade inte för avsikt att stanna kvar och låsa efter sig. Hon gjorde ett halvhjärtat försök att få på sig skorna på vägen ner men gav snart upp och sprang ut på gatan barfota. Jackan lät hon ligga där hon tappat den i trappan.

Hon tittade mot ingången till hyreshuset, det hon fram till nu kallat sitt hem. Hon skulle aldrig känna så igen, att hon hade ett hem. Ändå visste hon att det var dit hon var på väg. Hem. Ingen följde efter henne. När hon åter vände uppmärksamheten i den riktning hon sprang, var de redan där. Hon snubblade till och landade på marken medan de långsamt och med fast beslutsamhet rörde sig mot henne. Utan att ta några steg.

Hon reste sig försiktigt upp och blev stående kvar. Ingen mening att springa längre. Det fanns ingenstans att fly. De skulle alltid stå och vänta på henne. De skulle alltid komma närmare. De ville hem och hon visste att hon måste följa med dem.

Hon såg en man gå bakom dem. Det hade aldrig hänt förut. Det var som att han gömde sig i deras periferi, som att han inte skulle finnas kvar om barnen bestämde sig för att titta på honom. Han var klädd i svart, förstås, med vit skjorta. Han hade hög hatt och bar på en käpp. Hans skor såg obekväma ut. De var stiliga, men han fick nog skavsår av dem, tänkte hon. Hon skrattade till åt det absurda i sina tankegångar. Det är snart över, och hon funderar över huruvida hans skor är bekväma.

Han var inte härifrån. Men det var inte barnen heller.

De kom närmare. Mannen knappade in på både barnen och henne. Han hade kritvit hud och kolsvarta ögon. När han log blottade han sina sylvassa tänder.

Det hade börjat duggregna lätt men hon lät det inte bekomma henne. De hade nått fram till henne. Nått fram dit de alltid varit på väg.

Barnen sträckte sina armar mot henne och hon kände sig för första gången i sitt liv ensam. Övergiven.

Det var dags nu.

Hon skulle hem.

Sprickorna

Det är alltid samma platser.

Växter som placeras där vissnar inom en timme. Mjölk härsknar. Mobiltelefoner tappar täckning. Hunden vägrar gå in i rummet och barn som råkat gå över tröskeln springer därifrån gråtande och berättar om de elaka tanterna och farbröderna.

Det är därifrån de kommer. Det är så de tar sig hit.

De tränger sig in genom sprickorna.

Sprickor är vad de själva skulle kunna kallas. De är spruckna varelser. Nästan mänskliga, men något har runnit ut. Runnit ut genom sprickorna i dem själva. De kommer in genom bristningar där verkligheten krackelerat. Blivit trasig. Liksom dem.

Och det växer. Det brustna i vår verklighet. Ständigt. Alltid. Det blir större. Snart finns inget kvar som inte är sprucket. Snart är allting trasigt.

De tar formen av sådant vi känner igen. Döda släktingar är det vanliga. Ibland förväxlar vi dem med våra husdjur, eller rentav nu levande människor i vår närhet. När man går förbi vardagsrummet där någon sitter och tittar på tv eller läser en bok, för att omedelbart därefter möta samma person i köket. Någon av dem är en spricka, en trasig varelse som på något sätt tagit sig in men inte vill tillbaka.

Det är ovanligt att de ger sig tillkänna. Kommer man på någon av dem glömmer man snart. Om inte annat så önskar man att man kunde glömma. Ibland låter de oss minnas.

Ingen vet vad de egentligen är eller varifrån de kommer från början. Det är sällan de vill något när de väl är här, bara ibland vill de oss illa.

37

När du upptäcker att en dörr är öppen, som du är säker på att du stängt, då är det en spricka som passerat. Förr i tiden korsade man järn under dörrmattan för att hålla "oknyttet" ute. Det var sprickorna man motade på dörren då. Det sägs enligt vissa legender att en vampyr ej kan korsa rinnande vatten. Sanningshalten i det kan diskuteras, men denna begränsning är i högsta grad gällande för sprickorna. De skyr vatten, räds det okända djupet och allt som påminner därom.

Där ligger något annat och väntar. Något som är äldre än sprickorna och alltid funnits här. Vår verklighet är dess domän, sprickorna är bara besökare. Det är inte naturligt att de är här. Det är de medvetna om.

Drömmar som berättar om framtiden, föraningar, obehagskänslor, det är sprickorna som berättar om vad de sett. Viskar det ohört i ditt sinne. Tiden är för dem ingen begränsning. De kan se dig födas och dö under samma sekund. Ibland berättar de om din sista stund i livet, oftast precis innan den sker. Ibland är det de som kommer för att hämta dig.

Man ser dem bara om de vill bli sedda. Men man kan alltid höra dem, i sitt undermedvetna. De tar sig in där också, genom sprickorna i dig och mig.

Det är då vi krackelerar. Något börjar rinna ut.

Vi blir trasiga.

Liksom dem.

Tomtejävel

Jag växte upp på en bondgård tillsammans med min syster. Vi levde med våra föräldrar och vår farmor som fortfarande var i livet när vi var små.

Vi hade en tradition som sträckte sig tillbaka så långt jag kan minnas, förmodligen sträckte den sig generationer bakåt i tiden. Varje år när den första snön föll ställde nämligen farmor fram en tallrik med gröt i stallet, "till tomten." Detta pågick fram till vårkanten när marken var bar. Varje år, hela vintern. När farmor lämnade oss tog vår mor över traditionen. Det hette att det var "kvinnogöra" när vi frågade pappa varför han inte var engagerad i processen. Vi var för små för att reagera över det felaktiga i det sättet att uttrycka sig och när vi blev äldre var detta för oss sekundärt när det kom till att döma ut fånerierna.

Vi tyckte förstås att detta var roligt, och lite spännande, när vi var barn. Många av våra klasskamrater kom från hem med samma traditioner, även om den med tomtegröten vanligen var begränsad till veckan runt jul. Nästan alla på vår skola ställde även fram mjölk och kakor till den slädburne jultomten som besökte alla barn på julafton. Det gjorde aldrig vi i vår familj. "Trams," brukade farmor muttra när vi tog upp det till diskussion. "Finns ingen jultomte, bara jävla påhitt för att sälja leksaker." Vi var för små för att reagera över absurditeten i att jultomten var trams och påhitt samtidigt som det skulle ställas fram gröt till en lika påhittad gårdstomte.

Vi föddes sent på åttiotalet, både jag och min syster. Jag var ett år äldre men vi gick ändå i samma klass. Vi var för få barn som växte upp i socknen, så lågstadiet och mellanstadiet var en klass vardera. Vi var den första generationen i vår släkt som såg datorn göra entré i vårt hem. Jag vill på intet sätt påstå att detta gjorde oss bättre än de som kom före oss, eller för den delen klokare, men hemdatorrevolutionen var på något sätt startskottet för en tillgänglighet och ett flöde av information som ingen hade kunnat föreställa sig fram till dess.

Även om vi strax innan tonåren började ifrågasätta traditionen allt mer ihärdigt, något som inleddes redan när våra klasskamrater slutade tro på jultomten, var det först när vi kunde söka oss till mer trovärdiga källor på internet än de gamla böcker om vidskepelser, småfolk och magi som fanns att tillgå på vårt närmsta bibliotek - signerat Dénis Lindbohm med flera - som vi blev allt mer påstridiga i hemmet på vintrarna när grötskålen började ställas fram varje morgon. Ingen av våra föräldrar visade ens det minsta uns av förståelse för konceptet kritiskt tänkande. Vår far konstaterade besviket en gång att om hans gamla mor fortfarande varit i livet, då hade det blivit ett jäkla liv nu. Den kvällen fick vi gå och lägga oss utan middag, något som fick oss att fundera över vilken grad av inavel som fanns representerad i vårt släktträd.

När vi nådde slutet av tonåren blev vår mamma dålig. Hon hade under närmare ett års tid börjat bli svag trots att hon hade många år kvar till pension, något som förvisso inte existerade på samma sätt som i övriga samhället när man jobbade på en familjeägd bondgård. Hon somnade tidigare om kvällarna och vaknade senare på morgonen. Hon tappade saker och det hände att hon snubblade och föll, något som förvisso kan hända även den bäste men detta blev ett oroväckande vanligt inslag i hennes vardag med tiden. Till slut såg hon ingen annan utväg än att låta sig tjatas iväg på ett läkarbesök. Det visade sig att hon hade cancer.

Den tid hon hade kvar kunde då räknas i månader. För lång tid hade passerat innan diagnosen och statistiken låg inte till hennes fördel att behandlingen skulle hjälpa, men den inleddes ändå omgående. Hon började tappa håret och blev i

40

stort sett helt sängliggande. Trots alla omständigheter, trots att hon visste att döden stod för dörren och väntade på att ta med henne hem, var det en sak som var viktigare för henne än något annat. Snön hade börjat falla, och hon hade inte ork att ställa ut gröt varje morgon i stallet.

Jag och min syster var vid det här laget vad man kunde kalla unga vuxna. Vi hade tagit ett sabbatsår från våra studier och jobbade på bondgården medan vi båda stod i valet mellan att flytta och studera på högskolan eller ta över verksamheten. Vi hade som nämnts haft våra duster om den där tomten när vi var yngre men hade tvingats acceptera att det var så det var. Gamla traditioner är svåra att bryta. Men nu? Under omständigheterna? Vi fann det båda befängt och rentav upprörande. Hur kan du tänka på det där löjliga påhittet nu? Du är sjuk och borde lägga din energi på att bli frisk...på att överleva! Hur fan tänker du?

Vi vägrade spela med. Vår far suckade än en gång något om att det är fruntimmersgöra, men min syster vägrade spela med i fjanteriet. Så det blev som så att pappa började ställa fram gröten. Själv hakade jag nu även upp mig på att uttrycket "fruntimmersgöra" kändes ganska förlegat, och lätt unket. Det var inte heller något min syster tog särskilt bra, så den kvällen gick vi återigen till sängs utan middag. Vi hade förstås med enkelhet kunnat göra oss något att äta själva och ingen av oss såg någon rimlighet i att vi skulle bestraffas för att vi var rationella, men till viss del respekterade vi att det var våra föräldrars hem och sålunda deras regler som gällde. Till desto större del kunde vi vara väldigt vrånga och såg det som något av en markering att vi står för våra åsikter och tar med glädje konsekvenserna.

En vecka efter att vintern tagit fäste och tomtens grötfrukost börjat serveras halkade vår far på en isfläck ute på gården. Han föll på en sten, bröt nacken och dog omedelbart. Nu var det bara vi och mamma kvar. Något förändrades när vi förlorade pappa. Inte bara saknaden, inte bara den tomhet som uppstod i vår mor - och förstås även hos oss - även om hon kallt och sakligt uttryckte en viss lättnad över att inte behöva lämna honom ensam att dö av sorg, och en tacksamhet att det hade gått snabbt. Nej, något förändrades mellan oss alla. Trots att hon kände en morbid tacksamhet över att vår far nu var fri från ett liv i ensamhet.

Framför allt, sunt förnuft till trots, kunde inte mamma förlåta sin dotter, min syster, för att hon "vållade er fars död," som det uttrycktes. Vi hade förstås överseende med att mamma inte riktigt var sig själv mot slutet, men det gick inte att komma ifrån att det fanns en bitterhet och ett förakt hos henne riktat mot min syster som splittrade familjen, det som nu var kvar av den. Själv hade jag börjat kämpa för fullt med att rationalisera bort de tankar av mer vidskeplig natur som började skölja över mig.

Vi blev båda kvar på bondgården när mamma dog, bara månader efter att vår far ramlade till sin död. Det bara föll sig så, som att vi inte hade något val. Vi kunde förstås ha sålt gården och gått vidare i våra liv, lämnat allt det gamla bakom oss. Men det var just det, det var verkligen allt, precis allting vi skulle ha lämnat bakom oss. Vi hade inte ens någon diskussion om framtiden sinsemellan, vi bara blev kvar där när vi fick ärva gården. Det bara blev så.

Åren som följde efter att vi tog över började det gå dåligt på gården. Riktigt dåligt. Skördarna frös, hästarna blev sjuka och måste avlivas, kossorna slutade ge mjölk. När olyckan inträffade var vi farligt nära konkurs.

Det var den första julen min systers barn firade utan sin far det hände. Jag hade förstås i egenskap av morbror varit något av en extrabonuspappa av något slag till dem sedan de föddes, efter bästa förmåga. Jag älskade verkligen mina syskonbarn och jag vill tro att det var ömsesidigt. Men efter att deras far föll från taket och slog ihjäl sig kort inpå det nya året hade jag tagit på mig rollen av en pappa så mycket jag kunde. Nu hade nästan ett år förflutit sedan olyckan och vi ville att deras jul skulle bli så speciell som möjligt. Inget kunde förstås ersätta deras far, varken jag eller några extra julklappar, men min syster tyckte att vi skulle göra vårt bästa för att få dem att tänka på något annat. Låta dem vara barn så gott det gick, på barnens högtid.

Det mest extravaganta spektaklet var när jag skulle låtsas komma ner genom skorstenen mitt i natten iklädd tomtedräkt. Barnen hade ställt fram kakor och mjölk på bordet innan de gick och lade sig, vilket blev betydligt senare än vanligt. Trots allt kunde de vara tillräckligt mycket barn för att inte klara av att gå och lägga sig i tid natten före julafton. Planen var att min syster skulle väcka dem så fort de somnat och smyga ner med dem till hallen, där de kunde stå och tjuvkika när tomtefar la paket under granen och åt upp kakorna de hade bakat. Vi kom aldrig så långt.

Barnen hade bakat kakor till en jultomte som vår farmor avfärdat som trams och påhitt. På samma sätt som vi hade avfärdat hennes hustomte som vidskepelse och fånerier. Någon gröt hade den inte fått sedan vår far tog på sig "kvinnogörat" att ställa fram den och slog ihjäl sig kort därefter. Förstås ej heller detta år.

Vi hade aldrig gjort kopplingen att all otur vi hade med gården och verksamheten, alla olyckor, hade något att göra med att en fantasifigur fick gå hungrig på vintrarna. Vi skojade om det en gång, jag och min syster, att turen kanske skulle vända om vi började ställa fram gröt igen. Det var en midsommarafton och vi hade väl fått i oss en snaps, eller tre. Det här var innan hon förlorade sin man, han satt med vid bordet när vi drog det skämtet. Han såg däremot inte det roliga. Han började förhöra sig om vad vi grundade vår så kallade humor i, fanns det en tradition? Vi nämnde väl som hastigast för honom vilka regler som fanns på gården när vi växte upp.

Inte ens när min svåger blev upprörd kunde vi ta till oss att kanske borde vi kosta på oss mödan och besväret att ställa fram en tallrik gröt i ottan ändå nästa gång vintern kom, åtminstone veckan runt jul. Min syster snäste i åt honom att han kan väl servera grötfrukost själv om han tycker att det är så jävla viktigt. Han konstaterade bistert att "det är kvinnogöra, det borde ni väl för fan känna till." Det gjorde bara min syster ännu mer upprörd. Jag vet inte varför hon jagade upp sig så, min svåger var i alla avseenden en jämställd man och detta plumpa undantag var förstås inte hans påhitt, det var så traditionen varit gällande även så länge vi kunde minnas.

Han fick hur som helst sova på soffan i farstun några nätter därefter. Det var inte riktigt så det brukade gå till mellan dem. De hade olika åsikter om mycket, rentav det mesta. Ibland undrade jag vad de såg hos varandra, men det var alltid uppenbart att de såg varandra. Men just det här, som var något av en petitess, gjorde henne osams på riktigt. Kanske var det så, att om min syster hade tagit vidskepelsen ens lite på allvar så hade det på något sätt implicerat att hon hade skuld i vår fars död. Eller, kanske var vi bara för kloka och pålästa för att tro på sagor, kanske fick hon en tankeställare över vad det var för byfåne hon gift sig med. Jag var rädd för att det var skuldkänslorna som gjorde henne mest upprörd, men jag tog aldrig upp det med henne. Hon kanske inte ens var medveten om det själv.

Så hittepåtomten fick i alla fall hembakta kakor det året, när allt skulle nå sitt slut. Gårdstomten fick inte ens en tallrik havregrynsgröt.

Det började brinna så snart min syster kommit upp för trappan för att väcka barnen. Jag hade inte ens hunnit ta på mig tomtemössan eller rättat till lösskägget. Branden startade i köket, har jag förstått i efterhand. Det fanns ingen förklaring till hur. Den gick inte att spåra till någon källa. Men där startade den. Det tog sekunder innan köket var övertänt och branden var på väg upp för trappan, på väg efter min syster, efter hennes barn, efter min familj. Det gick nästan övernaturligt snabbt.

När jag sprang efter elden, upp för trappan, var det första som mötte mig min syster som låg på golvet, fastklämd av en träbalk som rasat från taket. "Barnen! BARNEN!" skrek hon. Jag vet inte vad jag gjorde eller hur jag gjorde det, men mitt nästa minne är när jag varsamt hjälper min systerdotter ner från min famn och lägger min tomtejacka runt henne där hon nu satt i en snödriva iklädd bara nattlinne. När jag var tillbaka på övervåningen i huset kunde jag inte hitta min systerson, jag fick inget svar när jag ropade. Lågorna hade intagit hela huset nu, det var eldens domän, och jag hade inte många sekunder på mig att försöka få loss min syster och hjälpa henne komma ut.

Jag vet återigen inte hur jag lyckades, det kändes som att träbalken vägde ett ton samtidigt som den verkade bestå av inget annat än eld. Men jag fick loss henne till slut och fick upp henne i min famn. Hon var oförmögen att gå själv, trots att träbalken inte hade träffat henne på benen. Hela tiden när jag hjälpte henne, från det att jag först försökte få loss henne till det att jag satte henne i snödrivan bredvid sin dotter, skrek hon att jag skulle rädda hennes barn. Jag vet inte om hon var medveten om att hennes dotter satt bredvid henne. Jag tror inte hon var kapabel att ta in något annat än att det brann. Att allt brann. Allt, brann upp.

Jag undrar om hon skulle kunna förlåta mig idag? Jag tror inte det. Men det kommer jag aldrig att få svar på.

Jag sprang tillbaka in i huset, upp för trappan som nu var nära att falla i bitar, och fortsatte leta efter min systerson. Jag hittade honom medvetslös under sin säng. När jag försökte

45

bära ut honom ur det brinnande infernot gick jag genom ett trasigt trappsteg halvvägs ner och tappade medvetandet när jag föll hela vägen till golvet. Om det var fallet eller röken kan jag inte svara på, men jag lyckades inte rädda min systerson.

Det sista min syster påstod sig ha sett, gissningsvis precis innan hon tappade förståndet, var en liten gråklädd varelse som stod innanför dörren till vårt stall. Den stod där när lågorna nådde fram till alla de andra byggnaderna. Den stod och betraktade henne när den lät sig själv förtäras av den eld som kort därefter slukade stallet där den hörde hemma.

Halva hennes ansikte brändes sönder i lågorna. Hon bröt förstås ryggen när träbalken föll över henne. Och hon tappade som sagt förståndet. Eller, jag vet inte riktigt vad hon tappade, kanske var det hennes själ.

Hon är idag rullstolsbunden och bor på någon form av vårdhem, fortfarande, efter alla dessa år. Det enda hon pratar om är tomten hon såg när hennes familj brann upp. När hon säger något över huvud taget. Min systerdotter fick flytta till ett barnhem. Hon hade ingen lätt uppväxt. Det var svårt, bokstavligen omöjligt, att hitta adoptivföräldrar till henne. Hon beskrevs som utåtagerande. Svår. Och vem kan klandra henne? Hennes tillvaro som vuxen är inte heller lätt, hon har tappat något hon med. Det får mig att inse att jag inte lyckades rädda någon av dem.

Själv föll jag med min systerson, i trappan. I branden. Natten när jag förgäves försökte rädda min familj. Jag vet inte om det var röken eller fallet som tog mitt liv. Eller om det var lågorna som till sist slukade mig på golvet.

Allt detta för en tallrik gröt.

Tomtejävel.

Ingen mördare

Hon var ingen mördare.

Hon sa det högt för sig själv. Jag är ingen mördare. Det lät inte särskilt övertygande. Men det var ju sant! Visst var det sant? Det var ju faktiskt i självförsvar. Det kunde väl ingen argumentera mot? Hon försökte rationalisera själva definitionen av mördare.

Mord.

Är det per automatik mord att döda något? Vi dödar djur varje dag, för att äta dem. Är alla som jobbar på ett slakteri mördare? Gör man sig skyldig till medhjälp till mord varje gång man äter en varm korv? Enligt vissa aktivister var svaret ett rungande ja. Och man kunde väl inte ta ifrån dem att de möjligen kanske hade en moralisk poäng, även om hon själv älskade hamburgare. Det var ju för övrigt en helt annan diskussion som på intet sätt var applicerbar under de aktuella omständigheterna. Egentligen. Så hon funderade vidare på andra exempel. Hon var ju ingen mördare.

Men ett mord hade hon begått.

Men kom igen, hade hon verkligen det? Soldater då, när de dödar andra soldater i krig? Tja, det är väl egentligen mord, förstås, även om det är rättfärdigat av alla tänkbara nationella och internationella instanser. Abort, är det mord? En av hennes bästa vänner hade gjort en abort en gång. Hon tänkte inte på sin väninna som en mördare. Absolut inte! Men ändå, där var hon tillbaka i en potentiellt etisk gråzon som inte riktigt med självklarhet kunde befästa den övertygelse hon just nu sökte, hur man än ställer sig moraliskt i just det specifika exemplet, nämligen att hon inte är en mördare. Dödshjälp då? Hon skulle gladeligen hjälpa någon som var sjuk och hade ont att ända sitt liv. Men...men, ja, jo, nja, även där kan ju ämnet faktiskt diskuteras. Det är ingen

47

självklar fråga, det är det förstås inte...men vafan, kom igen! Hitler då? Om man hade mördat Hitler? Okej, nu hade det spårat ur.

Hon ÄR ju ingen mördare!!

Eller, det kanske hon var...men det kanske var okej. Hon kanske har begått ett mord, det må mycket väl vara hänt att hon faktiskt mördat någon...men en mördare, det är ju något annat. Är det inte det? När man ser mördare på film och på TV, när man läser om dem i tidningen, det är ju inte så här det går till.

Det hon hade gjort, det var ju rätt. Det var inget hon behövde övertyga sig själv om. Det var ju ändå självförsvar. Nästan. Nödvärnsrätt, "En gärning som någon begår i nödvärn utgör brott endast om den med hänsyn till angreppets beskaffenhet, det angripnas betydelse och omständigheterna i övrigt är uppenbart oförsvarlig." Men om man dödar något som är rakt igenom ondskefullt, en varelse som består av genuin ondska, hur kan det vara något annat än rätt? Även om det kanske inte i strikt juridisk mening var fråga om nödvärn..

En fallen manskropp låg en bit framför henne. Hon hade stått på knä på marken och fortsatt hugga kniven i den gång på gång på gång efter att den föll. Det var ingen man i hennes ögon. Det var inte ens mänskligt, det var ren ondska hon hade angripit, fällt till marken och sedan huggit med kniven. Om och om igen. Tills hon var säker på att det var slut. Tills hon kunde intala sig själv att det fanns tillräckligt många hål för ondskan att rinna ut genom. Även om det kanske inte riktigt var förnuftigt att resonera så.

Det var i alla fall över nu. Den gamla morakniv som hon fått av sin far när hon var liten låg på marken vid hennes fötter. Hon hade alltid med sig den när hon gick ut sedan några veckor tillbaka. Hon lämnade aldrig sitt trygga hem utan att ha den i handväskan, eller hängande från bältet och hon hade alltid ett fast grepp om handtaget. Alltid. Kniven gav henne en trygghet som inte enbart kom från det faktum att den kunde användas som ett dödligt vapen.

Ett av många ljuvliga barndomsminnen och en av få saker hon hade kvar efter sin far som verkligen betydde något. De hade täljt träfigurer när hon var liten, hon och hennes far. Det var då hon hade fått den av honom.

Hon värderade den högt och borde väl egentligen inte ta med sig den ut. Men det var den enda kniv hon ägde som var praktisk för ändamålet, i övrigt var det otympliga köksknivar och vanliga bestick som med milt våld fungerade att skära kokt potatis i bitar och hon hade inte kommit sig för att köpa en ny. Hon hade så att säga haft annat att tänka på.

Han hade så klart lämnat andra saker efter sig också, hennes far, det mesta till henne. Nu var förvisso inte kniven något hon fick i arv, den var hennes sedan nästan så långt tillbaka hon kunde minnas. Men det var ändå den hon värderade högst av allt. Hennes syskon fick förstås ta del av arvegodset, men inte i närheten av lika mycket. Det var uppenbart, in till hans sista handling i livet och därefter, att hon var hans favorit.

Det fanns en gungstol som de satt i tillsammans när hon var liten, hon och hennes syster brukade sitta i hans knä när han läste sagor för dem. Den ville hon gärna ha, men den var tydligen värd en hel del och hon fick ju så mycket, mycket annat, så den fick hennes äldre bror Erik. Hennes far hade tydligen inte förstått hur mycket de minnena betydde för henne. Eller så hade han glömt, man kunde förstås glömma även sånt som var viktigt ibland. Och det fanns ju så många andra lyckliga minnen. Hon erbjöd sig att köpa gungstolen av sin storebror för dubbla värdet, men det var han inte intresserad av. Så den gick på auktion. 12000:- såldes den för. Tjugo procent behöll auktionsfirman i provision. Tolv tusen. TOLV. JÄVLA. TUSEN. Hon hade köpt den av honom

49

för det dubbla, lätt. Men det var inte intressant. Den skulle säljas på auktion. Till nån jävla jävel som aldrig någonsin skulle uppskatta vad den egentligen var värd. För henne.

Att hennes bror inte kunde uppskatta detta var förstås ingen överraskning, varför skulle han tänka på hur någon annan känner liksom, men hon förvånades över att han inte lät henne betala DET DUBBLA ens efter att den värderades. Värderingen landade på nio tusen, han hade väl hoppats på tre gånger pengarna om det blev budgivning och nu satt han där med 9600, provisionen avdragen. Förbannade jävla arsle. Rätt jävla åt honom, han hade fått tjugotusen av henne utan att tveka. Mer. Hon var långt ifrån rik, den summan var väl ungefär vad hon hade kvar efter skatt varje månad. Men det hade det varit värt. Så jävla lätt att det hade varit värt det. Jävla arsle. Fy fan...

Resten av bråtet hon fick ärva var väl just det, "bråte", med varierande grad av affektionsvärde, varierande grad av monetärt värde. Detsamma gällde det lilla som hennes syskon fick. Hon hade inte kunnat förmå sig att sälja något dock, det hon fick efter sin far var ju även i mångt och mycket efter hennes mor. Så det var ju det gamla familjehemmet som delades upp mellan dem. I alla avseenden delades även familjen upp. Det där jävla arslet till storebror till exempel, ville hon aldrig mer se i hela sitt liv. Hon misstänkte att han sket fullständigt i vilket.

Lillebror Lars hade det gått bra för i livet. Riktigt bra. För bra, rentav? Han kunde tydligen inte associera sig mer med sin enkla bakgrund och hade sålunda brutit upp med sitt förflutna. Hela familjen inräknad. Redan när deras mor fortfarande levde var han frånvarande. Han kom inte ens och hälsade på henne när hon låg för döden. Alla andra syskon var där, men inte han. Det syntes att det gjorde henne ont. Trots allt så var han ändå hennes barn. Han betalade för hennes begravning, men han kom inte på den. Och allt hon lämnade efter sig hamnade förstås hos deras far, så det fanns inget arv att dela på, inga möten på fina advokatkontor.

Med deras far gick det snabbare. Hjärtinfarkt. Hunden kan inte ha väntat oroat på livstecken i många minuter innan den, enligt vad hon fick höra efteråt, sprang över till grannarna och förde ett sjuhelvetes jäkla liv. Han levde fortfarande när ambulansen kom hem till honom, till hennes barndomshem. Huset där hon växte upp. Huset där hon fått så många fina minnen. Han var död innan de kom fram till sjukhuset. Hon var den första de ringde till. ICE kallades det visst. In case of emergency. Hunden dog innan hennes far begravdes. Den var gammal, trött, sjuk, sa man. Och det kunde väl förvisso vara sant, det är väldigt ovanligt att hundar ens passerar tjugo. Men hon visste. Hon hade inte trott att man kunde dö av ensamhet, inte på riktigt. Att ensamhet inte direkt har någon positiv påverkan på det allmänna hälsotillståndet var förstås rimligt, men att man kunde dö av det som enda orsak, det trodde hon var en myt som poeter och författare höll vid liv. Men nu visste hon att så var det absolut.

Och så blev det möte på ett fint advokatkontor. Då kunde hennes lillebror komma utan att han behövde riskera att få stå till svars för vad han gjort och med vem, ifall någon från hans nya liv mot förmodan skulle se honom gå in i eller komma ut från byggnaden i hans gamla uppväxtstad. Han fick förstås inte ett skit. Nåja, nästan i alla fall. Han fick en kartong med äggkoppar som deras mor samlade på när hon levde. Deras far hade haft föga intresse i att hålla denna hobby vid liv, men de hade förstås fått stå kvar i skåpet där de alltid stått efter att han blivit lämnad ensam. De hade antagligen väldigt lågt värde. En antikhandlare hade kanske gett en hundring för hela samlingen, max. Det fanns EN äggkopp dock som hon tyckte om i samlingen, en som hörde ihop med ett minne. En hon alltid tyckte var lite extra speciell när hon var liten. Hon brukade stå och titta på den ibland där den stod i säkert förvar på översta hyllan i glasskåpet. Men hon fick aldrig röra den, hennes mor var rädd om alla sina äggkoppar och samlingen skulle stå i skåpet för att betraktas. Vid speciella tillfällen fanns det ett fåtal som gick i rotation för att tas fram och få besöka köksbordet. Julafton. Påsk. Men annars skulle de inte lämna hyllorna. Alla barnen tyckte att det var speciellt när de togs fram, även lillebror Lars. Ett kärt barndomsminne för dem alla, förstås.

Hon kom ihåg när hennes mor lät henne använda en av de lite finare äggkopparna, som inte hörde till de som ibland togs fram. Det var när hon fyllde åtta år och fick frukost på sängen. Hon minns det tydligt, hur det hon blev mest glad över den morgonen var just det, att hon fick använda en av de finare äggkopparna. En av de riktigt speciella. Det var inte den hon tyckte mest om av alla, men det var förstås riktigt speciellt ändå. När hon ätit och öppnat sina presenter gjorde hon en lite för hastig rörelse och frukostbrickan åkte ner på golvet. Allt höll, utom äggkoppen. Hon minns hur glädjen övergick till djup förtvivlan, hur hennes föräldrar fick trösta henne hela förmiddagen. Hur hon kände att inte bara dagen, utan hela hennes unga liv var förstört. De visste ju självklart att det var en olycka, och jo förvisso är det sant att det är en av mammas finare äggkoppar, en av de riktigt speciella, det hade hon ju förstås rätt i, men det är inte en av de allra, allra finaste. Och oavsett spelar det ingen roll, det är ju i slutändan bara saker. Och saker betyder ju egentligen ingenting så länge man har varandra, eller hur? Hon lärde sig något väldigt viktigt den dagen. Något som suttit kvar i henne ända sedan dess. Något hon aldrig skulle glömma.

Något hennes lillebror aldrig fått lära sig. Och nu hade han fått äggkopparna. Han var väl något av ett arsle han med, på sitt eget sätt. Men han var inte dumsnål och helt JÄVLA EFTERBLIVEN som deras storebror. Han gick förstås att resonera med. Han var smart nog att inse värdet på vad han fått. Eller snarare avsaknaden av ekonomiskt värde, det emotionella värdet misstänkte hon betydde noll för honom.

Om han nu hade några minnen av äggkopparna som dukades fram vid speciella tillfällen. Hon sprang efter honom när han stormade ut från kontoret efter att ha fått höra vad hans del i arvet var, förklarade som det var att en av äggkopparna han just fått ärva betydde något särskilt för henne. Hur mycket ville han ha för den? Hade det varit storebror hon nu stod och förhandlade med hade hon erbjudit honom en summa som var en tiondel av vad hon bedömde rimligt att betala och sedan gått med på att förhandla sig upp.

Lillebror däremot, mycket kunde man säga om honom, det mesta förmodligen värderingar man lade in själv enbart utifrån hur han lämnat dem, men han var inte oresonlig eller orimlig. När det kom till affärer, hade hon förstått, såg han gärna att det blev rättvist för alla parter, med 15-20% mer rättvist för honom. Max 30% mer rättvist till hans fördel. Lågt fyrsiffrigt var vad hon förväntade sig få höra, väldigt lågt fyrsiffrigt. Ungefär tio gånger mer än det förmodligen var värt, förvisso. Men det var ju faktiskt allt han hade ärvt. Hade deras far överskattat hur lite deras barndomsminnen betydde för Lars, eller var det ett sista skit på dig å hela familjens vägnar för att han övergivit dem? Kanske med all rätt i så fall. Hon däremot hade fått ärva det mesta. Så en tusenlapp, eller mer, kunde hon lätt betala för dem. De betydde i och för sig inte lika mycket som gungstolen, eller kniven som just nu låg på marken framför henne, men hon ville ändå hemskt gärna ha dem. Hon visste att lillebror inte skulle använda det emotionella värdet emot henne, det hade aldrig varit hans stil och hon trodde inte att han hade förändrats så mycket under åren de inte setts, men vad han krävde förvånade henne. Han ville ha en jävla hundring, för mer är skiten inte värt, så kan hon plocka ut vad hon ville ha och slänga resten eller sälja det till nån skitig jävla antikhandel. Så går hon plus minus noll och han drar in en hundring på något han inte ens tänkt bemöda sig med att själv hämta och bära till soptippen. Win, fucking win, big sis.

Vad de köpslog om, insåg hon, var inte en kartong äggkoppar.
Det var hennes samvete. Det här var förmodligen sista gången
han satte sin fot här, i deras gamla barndomsstad. Nu skulle
han åka direkt hem till sin takvåning, en jävla kartong med
jävla äggkoppar skulle han varken se eller röra. Hon hade
kunnat ta dem gratis. Det visste hon förstås, och han visste att
hon visste. Men hon skulle inte må bra av att göra det. Det
skulle kännas fel. De var ju inte hennes, egentligen. De var
hans nu, han hade fått dem i arv efter deras far. Efter båda
deras föräldrar, egentligen. Det enda han nu hade från det
gamla familjehemmet. Och han visste att det var så hon skulle
resonera. Så hon fick köpa dem av honom, för en summa de
båda kommit fram till oberoende av varandra var vad hon
förmodligen skulle få för hela samlingen på en antikhandel.
Han hade alltid varit så fruktansvärt pragmatisk, hennes
lillebror. Och rättvis. Hon saknade honom ibland, trots att det
var så förbannat jävla fult gjort av honom att dumpa dem
alla när han blev för fin för dem.

Men han resonerade förmodligen som så att han inte hade
några åtaganden att leva upp till gentemot sin familj. För det
gjorde han alltid, levde upp till åtaganden. Och han hade köpt
en ny bil till deras föräldrar när det började gå bra för
honom. Deras gamla bil satt ihop med gaffatejp, på sina
ställen bokstavligt, och gick på ren välvilja. Så han köpte en
ny bil åt dem, en riktigt jäkla fin och dyr bil. Sen hade han
väl räknat ut att de var kvitt, den täckte kostnaden för hans
uppfostran. Han hade alltid varit så fruktansvärt pragmatisk.
Man kan ju tycka att han kanske kunde ha köpt en billigare
bil och samtidigt löst deras huslån, men det var inget han
hade åtagit sig och bilen frigjorde honom väl från alla
skyldigheter resonerade han. Att föräldrarna inte sålde bilen
och själva löste huslånet och köpte en billigare, tja, här
återkommer vi väl då till detta med emotionellt värde. De
hade ju fått den i present av sin son. Han tänkte på dem när
det började gå bra för honom. Han ville dela med sig av sin

framgång och ge något fint till sina föräldrar. De uppskattade det enormt och hade aldrig kunnat tänka sig att låta den gå till försäljning.

Det hade säkert tagit dem ett antal år att förstå att det rörde sig om någon form av återbetalning för hans uppväxt, att det emotionella värdet var helt och hållet något de själva valt att läsa in i gåvan, och då var det nog lite för sent att sälja den, det hade inte räckt till både huslånet och en ny bil. Och de behövde ju förstås en bil. Så den fick vara kvar. Den var fortfarande i väldigt fint skick efter alla dessa år, båda deras föräldrar var väldigt rädda om sina saker. Trots att saker inte är viktigt och att huvudsaken är att man har varandra, så värdesatte de allt de ägde, de visste att uppskatta pengars värde.

Bilen hade deras grannar fått i hennes fars testamente. Eivor och Axel. De hade bott grannar sen hennes föräldrar flyttade in i huset, innan hon ens föddes och hennes storebror bara var några år. Typ vääärldens gulligaste par. De hade alltid haft ett gott öga till syskonen och behandlat dem som sina egna barn. De hade kommit på hennes mors begravning och kom ofta på besök de sista månaderna på sjukhuset. Det var till dem hunden hade sprungit när hennes pappa föll. De var de första bekanta ansikten han aldrig fick se på sjukhuset. De var till åren förstås men åtminstone grannfrun, Eivor, hade fortfarande körkortet i behåll och skulle förmodligen få behålla det några år till. Hon var en riktig krutkärring, som det heter. Deras nuvarande bil satt inte riktigt ihop med gaffatejp, men det var inte långt därifrån. Så den gick till rätt personer. Hon trodde inte att hennes lillebror var inställd på att få den åter. Den var nog inte värd jättemycket mer idag än en låda värdelösa äggkoppar. Inte för honom.

Så en hundring, det var vad han ville ha för äggkopparna. Då hade de gjort en rättvis affär som de båda gick nöjda ur. Och därmed var det klart, slut och utagerat. Hon insisterade

55

på att få betala mer och till slut gav han med sig. Men han däremot insisterade på att affären skulle avslutas här och nu så de var klara med varandra sen. Hon hade lust att slå honom på käften. Hårt. Och sen slå honom en gång till på ett annat ställe, precis lika hårt, för att han inte ens kunde se henne i ögonen när de pratade. Han stod på riktigt och stirrade över hennes axel när han pratade med henne. Föraktade han henne verkligen så mycket för att hon, i hans ögon, var fattig?

Men man kan ju inte hata någon för dennes natur, kan man det? Hon hade anledning att fundera på det i detta nu, när den gamla morakniven hon fått av sin far för många år sedan låg på marken vid hennes fötter och hon försökte intala sig själv att hon inte är en mördare. Var det fel av henne att hata det hon hade försvarat sig ifrån? Det som i hennes ögon inte var mänskligt. Något som bara hade följt sin natur?

Så hon hade gett honom vad hon hade i plånboken där och då för den där kartongen med värdelösa äggkoppar som nu var hans och som snart skulle vara hennes. 973 kronor. Det var ovanligt mycket för att vara henne att bära med sig i kontanter, men hon hade någon vag förhoppning om att de alla skulle gå och äta tillsammans när mötet var över. Som ett sista farväl, inte bara till deras far, utan förmodligen till allt som var kvar av deras familj. Hon tänkte att de kanske kunde gå och äta någonstans där det var lite fint, lite dyrare, och prata gamla barndomsminnen. Hon föredrog att betala med kontanter när hon gick på restaurang, det kändes mer personligt att ge dricks då. Där visade det sig förstås att hon tänkt fel, någon återförening med syskonen hade det inte blivit något av med, vilket hon väl egentligen varit inställd på.

973 kronor hade hon att ge honom för att avsluta deras affär där och då. Han visade ingen reaktion på att det var lite mycket att bära med sig i plånboken, för honom var det väl växelpengar. Kronorna kunde hon kasta i soporna där skrot

hör hemma och lägre valörer än femtiolappar befattade han sig inte med. Just så. Växelpengar. Vad som för henne hade bekostat ett lite extra fint och speciellt restaurangbesök var för honom inte mer än växelpengar. Så han fick 850 kronor i handen, sedan gav hon honom en kram. Trots att hon samtidigt ville slå honom på käften, och sen slå honom en gång till på ett annat ställe, så var han hennes lillebror. Och hon saknade honom ibland. Han ryggade först tillbaka och verkade inte helt bekväm när hon låste fast honom i sina armar. Men efter någon sekund fick hon intrycket av att något smälte i honom. Som om han glömde och kom ihåg på samma gång.

De var en väldigt kramig familj när de växte upp. Lillebror var den som kramades minst av dem och förmedlade intrycket att det var en konstig och obekväm handling för honom. Det respekterade man förstås. Åtminstone gjorde deras föräldrar och andra släktingar det. Till och med hennes syster Anna, trots att de var så lika. Hennes syster hade aldrig ens försökt röra vid honom efter att han började dra sig tillbaka, försluta sig i sig själv. Hon däremot, hon var kramigast av dem alla. Inte ens lillebror var förskonad. Och ibland fick hon intrycket av att han kunde tycka att det var ganska trevligt, egentligen. Det gällde bara att ta sig förbi den där barriären, som åkte upp igen så fort man släppte taget.

Hon intalade sig att han tyckte att det var ganska trevligt nu också, egentligen. Men det varade inte särskilt länge, det dröjde inte alltför många sekunder innan han tog sig ur hennes grepp och backade två steg. Jaa, tack då, fick han ur sig. Han var märkbart obekväm, nästan som att han kände olust av att ha fått en kram av sin storasyster. Då var väl våra affärer klara? Ja. Jo. De var väl det. Han försvann vidare bort i korridoren, återupptog den flykt från allt som har med familjen att göra som han inledde när hon sprungit efter honom och stoppade honom. Som han inledde för flera år *sedan. Han tittade inte ens tillbaka på henne när han klev in i hissen och försvann.*

Ha ett underbart liv då lillebror, tänkte hon. Vi ses väl typ aldrig mer antar jag, vore kul om du kom på min begravning. Hon insåg att det inte skulle hända. Förmodligen, tänkte hon, blir det rentav hon som får gå på hans. Deras far föll av en hjärtinfarkt, utan tidigare varningstecken eller dåligt leverne. Hon hade för sig att deras farfar dog av samma orsak. Han hade dött innan hon föddes, men hon hade något minne av att det var så hon fått det berättat för sig. Kan tänkas att det är något de har i familjen då, när åldern är den rätta. I lillebrors fall skulle nog inte åldern spela någon roll. Så som han stressade i sitt nya, fina, viktiga liv skulle han jaga ifatt sin hjärtinfarkt långt innan pension. Så det skulle nog bli hon som fick gå på hans begravning. Hon undrade vilka av deras andra syskon hon skulle träffa där, hur mycket kontakt med dem hon skulle ha tills dess och vilka av dem som fortfarande skulle vara i livet då. Även om det var sannolikt att han skulle bli den första av dem att dö, så svaret var nog alla tre, hon själv inräknad. Såvida ingen av dem blev påkörd av en buss förstås...

...eller stod framför en kropp med en kniv vid fötterna och intalade sig att man inte är en mördare. För det hade varit självförsvar. Nästan. Förmodligen. Och det hade faktiskt kunnat sluta precis hur som helst. Om det ens verkligen var slut nu. Hon var inte fullt så säker på det som hon skulle önska. Det enda hon var helt säker på var att hon inte var någon mördare. Intalade hon sig själv. Hon sa det högt en gång till. Jag är ingen mördare!

Huset fick hon för övrigt nästan ärva. Det som tillhörde deras far åtminstone var nu hennes, banken ägde väl typ hälften eller nåt med vad som var kvar på lånen. Hon erbjöds förstås att överta lånen, men avböjde. Dels var hon osäker på om hon skulle ha råd, men det hade väl gått att lösa på något sätt.

Banken var angelägen om att fortsätta tjäna in räntepengar, tydligen var det bättre än om hon sålde det och betalade skulden rakt av. Men framförallt kände hon olust inför tanken på att behålla det.

Hon hade bara bra minnen därifrån. Hon ville inte flytta tillbaka och låta alla goda minnen skjutas åt sidan av ett dåligt varje gång hon gick in i, eller raskt förbi, vardagsrummet där hennes far hade fallit. Eller hennes systers sovrum, där de hittade hunden ett par veckor senare. Den hade välkomnats hem till grannarna efter att hennes far dog. Den hade fått ett nytt hem där den var välkommen och skulle bli älskad. Efter bara några timmar hade den sprungit iväg och inte synts till resten av dagen, eller nästa. Grannarna hade letat i hennes gamla barndomshem men inte hittat den. Den kom tillbaka först efter en halv vecka och fortsatte därefter hälsa på med några dagars mellanrum för att äta. Uppenbarligen hade den funnit bo någonstans utomhus eller i någon vrå i dess gamla hem där de inte kunde hitta den. Grannarna lät det bero, den behövde tid att bearbeta sorgen, resonerade de. Den visste var det fanns mat när den var hungrig och att den alltid var välkommen där. Den var bara inte redo att flytta in.

Hunden hade kommit och gått med någorlunda regelbundenhet när det var dags att inventera huset. Ett helt liv, alla spår som fanns kvar efter en familj, skulle dokumenteras, skrivas upp, fördelas mellan de som var kvar i enlighet med deras fars önskemål. När man kom upp på övervåningen gick man igenom de gamla barnrummen som blivit ungdomsrum som sedan stått kvar som de såg ut när syskonen flyttade ut. Ett efter ett. Som ett museum efter en familj, efter ett helt liv tillsammans. När de gick in i hennes systers rum låg den på sängen. Där hade den slutligen dött av ensamheten. Helt ensam.

Så hon hade troligen en respektabel summa pengar att vänta. Oklart. Huset var inte direkt i nyskick. Tomten kan väl kanske ha varit värd en del, även det var oklart. Så frågan var hur mycket som skulle bli kvar när lånen var betalda, om det gick att hitta någon köpare. Men det fanns möjligen eventuellt intressenter, kanske, inom en överskådlig framtid. Kommunen hade tydligen haft diskussioner om att göra något med hela den lilla stadsdelen. Kanske köpa upp alla tomter genom det kommunala bostadsbolaget, riva och bygga nytt. Än så länge var det bara vaga "tänk om" och "man skulle kanske" som dryftats i fikarummet. Inget fanns på papper eller i protokoll. Men någon på banken var tydligen gift med någon inom det kommunala, som drack kaffe i samma fikarum. Det vore förstås intressant att få en del av den kakan, resonerade man. Om det ville sig väl och allt gick åt rätt håll skulle den som ägde huset kunna tjäna upp mot det dubbla av vad det egentligen var värt idag, spekulerade man. I slutändan var det dock hennes hus nu och därmed hennes beslut huruvida det skulle säljas. Banken hade förstås inte mer att inkassera än vad som var kvar på lånet och det stod ändå klart att hon gärna ville sälja det här och nu.

Så det hade förhandlats och slutat med att lånet frystes i två år, någon ränta skulle alltså inte påverka den totala skulden under den tiden. Man värderade huset idag och om hon sålde det, exempelvis till kommunen, innan överenskommelsen löpte ut skulle banken erhålla 45% av allt hon tjänade över dagens värdering, utöver vad som var kvar på lånet. Kom man fram till att en helt vanlig försäljning, till någon som exempelvis inte var kommunen, var aktuell när avtalsperioden var över skulle bankens fastighetsbyrå få ansvara för försäljningen och lånet kvarstå som fryst tills dess att huset var sålt. Detta sista var om möjligt mer oortodoxt än själva den grundläggande överenskommelsen hade hon fått veta, men banken var uppenbarligen väldigt intresserad av att se vad som skulle

hända och ville gärna roffa åt sig de där fyrtiofem procenten,
om det skulle falla så väl ut, att de gick med på hennes krav.

Hon sket egentligen fullständigt i vilket. Hon ville bara lämna
det bakom sig och låta någon annan ta hand om spillrorna av
vad som en gång för många år sedan varit hela hennes
tillvaro. Och när det i efterhand gått upp för henne vad det
faktiskt innebar att hon "fick ärva det gamla
barndomshemmet", att det i praktiken rörde sig om en
ansenlig summa pengar som skulle landa i hennes ficka, hade
hon gärna bytt det rakt av mot gungstolen. Men det var för
sent. Den hade redan sålts på auktion för TOLV JÄVLA
TUSEN av hennes förbannade jävla ARSLE till bror.
Auktionsfirman hade av någon anledning sekretess på allt de
sålde, ned till gamla leksaksfigurer för några hundralappar.
Hon lyckades inte ens muta någon, trots att hon hade med sig
fem tusen i ett kuvert och allt hon slutligen försökte få dem att
göra var att ge hennes kontaktinformation till köparen. Så det
var kört.

Men hon hade i alla fall förhandlat till sig äggkoppen hon
alltid haft som favorit i sin mors samling. Hon kom att tänka
på en till hon hade ett kärt minne av, något det var länge
sedan hon tänkt på. Hon hade ju förstört en av de finare
äggkopparna när hon fick frukost på sängen när hon fyllde
åtta, det skulle hon aldrig glömma. Det var då hon lärde sig
värdet på relationer. Vad kärlek betyder, vikten av att älska
någon. Respekten för saker och att uppskatta varje krona man
äger, oavsett om det är den sista eller om man har fler, det
kom naturligt genom åren. Det lärde hon sig genom att växa
upp med sina föräldrar. Iaktta dem, lära sig hur man beter sig
som människa genom att se hur de betedde sig.

Det hon kom att tänka på nu, hände exakt ett år senare när
hon fyllde nio. När hennes föräldrar kom in till henne med
frukost på sängen och presenter. Hon hade hört dem fira
hennes syster redan. Hennes tvillingsyster Anna. Själv hade

hon fått heta Anne. Deras föräldrar hade funderat många
månader på vad de skulle döpa sitt nästa barn till och hade
till slut bestämt sig för Anna om det blev en flicka. Vilket det
då alltså blev. Att det skulle bli två flickor fick de veta först
när Anna precis var född och det visade sig att det var någon
mer som ville komma ut i världen. De tyckte verkligen om
namnet Anna och ville inte fundera flera månader på vad
stackars Anna Två skulle få heta. Så de bestämde sig för
Anne vilket de var överens om att de tyckte om precis lika
mycket. Båda döttrarna fick heta Charlotte i mellannamn,
efter sin mor. Varför hon inte döptes till Anne-Charlotte var
för att det inte skulle bli orättvist. Vilket man ibland kunde
tycka hade underlättat. Men det var ju som att de satt ihop de
två flickorna, ropade man på den ena av dem för att man
ville just henne något så kom de ändå båda springande. Så de
hade lika gärna kunnat få heta Anna båda två, egentligen.

De hade fått egna rum när de blev sju, Anna och Anne, så det
året var det sista de fick frukost på sängen samtidigt. De fick
förstås välja om de ville fortsätta bo tillsammans eller om de
ville ha varsitt rum. Det var inte ett helt lätt beslut, det fanns
ju både fördelar och nackdelar, men när dagen var över
bestämde de sig för att jo, det kanske vore häftigt med ett
varsitt rum, men just nu inatt kan de ju för all del sova
tillsammans igen. De har ju gjort det sedan de föddes, så
långt tillbaka de kan minnas, och det kanske är jobbigt att
hålla på och flytta sängen och grejer nu när det är så sent, så
kanske kan vi göra det imorgon? Eller, ni ska förstås jobba
också, då kanske ni är trötta när ni kommer hem från jobbet,
helgen kanske, det gör ju inget om det dröjer några dagar...
Det tog tre månader innan de hade gått med på att låta sig
separeras, som de kallade det. Deras eget beslut, bör
poängteras.

De fick snart en varsin ny säng. Bredare. Som det fick plats
två oskiljaktiga små flickor i. Det var inte många nätter i
veckan det sov en ensam syster i var sitt rum. Det höll i sig

länge, även om frekvensen avtog och det blev vanligare att de sov själva. Sista året de bodde hemma kunde det ibland gå en hel vecka utan att de sov tillsammans och pratade om hemlisar och filosoferade om de stora frågorna och tänk om de inte kommer att kunna ses varje dag när de går ut från universitetet och vad vill de egentligen bli när de blir stora och kan de försöka hitta på något så de får jobba typ såhär i närheten av varann eller nåt eller om de kanske kan bli grannar när de skaffar egna lägenheter? Hennes syster var nästan irriterande vag och obeslutsam, medan hon själv visste vad hon ville bli när hon blir stor...typ. Men det kunde ju förstås förändras, särskilt om det krävdes att hon omformulerade sina framtidsplaner för att de skulle kunna vara tillsammans mer.

Året innan hade hon blivit väckt först, så det var förstås rättvist att de gick in till hennes syster före det här året. När hon hörde dem viska och smyga utanför hennes rum låtsades hon att hon fortfarande sov och undrade om Anna gjort samma sak förra året? Hon kunde ju sova ganska tungt, kära älskade syster, så det var fullt möjligt att kära älskade syster inte vaknade året innan när de smällde upp dörren till hennes rum först och skrålade jaaaa må hon leeeeva så falskt att grannarna förmodligen fick huvudvärk. Hon älskade när de sjöng för henne. Hon älskade deras falsksång. Hennes syster tyckte mest att det var pinsamt, men uppskattade förstås gesten.

Så smälldes dörren upp och hennes föräldrar stormade in och skrålade. Jaaa mååå hoon leeevaaa. Hon sken upp som en sol. Men när de ställde ner brickan med hennes frukost på sängen började ögonen tåras. Där stod tre av hennes mors äggkoppar. Men det fanns inga ägg. De var inställda på att hon skulle bli förvånad, men att hon skulle bli genuint ledsen var inget de hade kunnat föreställa sig. De var inte inställda på att hon skulle bli ens lite ledsen över huvud taget. Då hade de förstås inte genomfört planen. De skojade mycket med varandra i familjen och retades ibland, men inte elakt. Aldrig elakt. De fick hoppa över några steg i planen. Men lilla älskling vad du ser förvånad ut, hoppades över. De gick direkt till slutklämmen. Jamen vi har ju en ny tradition när du fyller år. Varpå de tog upp en varsin äggkopp och kastade den i golvet så den gick sönder. Så, insisterade de, nu är det din tur, och tittade uppmanande på den tredje äggkoppen.

Hon kände till rangordningen. Hennes mor hade favoriter och favoriter bland favoriterna. Det fanns finare äggkoppar, och de riktigt fina och speciella äggkopparna. Samt de som några gånger om året fick besöka köksbordet. Julafton. Påsk. Det här var inte äggkoppar som hörde till de allra mest fina och speciella, eller var favoriter bland favoriterna. Men de hade heller aldrig stått på köksbordet. Möjligen kanske det kunde tänkas att de tids nog skulle sättas i rotation om tillräckligt många av påsk-kopparna förolyckades, men det fanns nog gott om andra kandidater som stod på tur innan.

Hon kastade sig upp och slog armarna omkring dem och grät. Hon grät och grät, hon älskade dem så mycket. Frukostbrickan som stod på hennes ben flög åt sidan i sängen och välte ut allting, det mesta flög ner på golvet. Ingen av hennes föräldrar tyckte att det gjorde något. Äggkoppen däremot föll inte ner på golvet och överlevde incidenten. Det tyckte hennes föräldrar att den kanske borde ha gjort, de hade sina föraningar om hur deras lilla plan skulle sluta.

Sedan öppnade hon sina presenter. Det var inga jättedyra saker, men det var några av de leksaker hon hemskt gärna ville ha. Pengar hade de sällan i överflöd, vilket hennes lillebror inte verkade kunna förlåta dem för när han blev vuxen trots att den jävla jäveln skulle vara jävligt jävla tacksam att han hade en lycklig jävla barndom det förbannade känslokalla jävla aset, men de såg alltid till att barnen hade vad de behövde och fick så mycket det gick av vad de verkligen ville ha. Semester åkte de på ibland också, men mest inom landet. En gång hade hela familjen åkt på utlandssemester, det var sommaren efter att flickorna blev tio. Men oftast firade de sommarlov hemma, men det gjorde henne inget. Det fanns ju så många träd att klättra i, så många lekparker att leka i med hennes syster och så många träfigurer att tälja med hennes far. Och fisketurerna hon ibland följde med på med sin far och granngubben Axel. Där var hon det enda barnet, hennes bröder var inte mycket för att fiska och hennes syster tyckte inte om att vara ute på vattnet. Men hon älskade det.

Det tog henne upp till vuxen ålder att förstå att de egentligen nog inte hade det särskilt bra ställt alls när hon växte upp, förmodligen hade lillebror kommit till samma insikt så vad fan i helvete också!? Hon ville gärna hjälpa sina föräldrar på ålderns höst men hon hade det inte jättebra ställt själv. Hon hade så hon klarade sig, och kunde ge dem något extra ibland. Ingen av hennes andra syskon tänkte som hon, och nämn för helvete inte det där med att lillebror gav dem en jävla lyxbil i det här jävla sammanhanget tammefan!

De berättade att det var lite mindre presenter i år, vilket hon inte uppmärksammat. Hon räknade aldrig vad hon fick i antal och värde. Hon var alltid tacksam, även när hon fått något hon egentligen inte var särskilt intresserad av. Redan innan fjolårets lektion i materiella tings betydelselöshet när det kom till vad som var det viktiga i livet. Hon sa alltid tack och lekte alltid med leksaker hon fått även om hon inte tyckt särskilt mycket om dem, hon uppskattade alltid tanken bakom dem och med tiden brukade det väga över. Det hände att några av hennes favoritleksaker när hon var liten var sådant hon aldrig velat ha och inledningsvis inte var särskilt förtjust i. Det hängde väl ihop med det här som är viktigt, här i livet. Det var lite mindre paket i år, berättade de, för de hade en present till som systrarna skulle få tillsammans när de båda var vakna. Anna hade förstås somnat om igen så fort de lämnat hennes rum.

När hon var klar med att öppna presenterna undrade de om hon inte skulle vara med på deras tradition och kasta sin äggkopp i golvet? Hon kunde inte. Hon förmådde sig inte att förstöra något som var värdefullt. Även om den förmodligen kanske inte kostade jättemycket pengar så visste hon att den hade ett värde. Även här var det först i vuxen ålder hon förstod att symbolhandlingen hennes mor ville ge henne var värd så mycket mer. Men den uppskattade hon förstås redan då, utan att fler materiella ting behövde gå i kras.

Den åkte sedan upp på den översta hyllan, bland de allra mest speciella favoriterna. Den plockades ner igen varje år när hon fyllde år och fick frukost på sängen. Tillsammans med två andra äggkoppar som föräldrarna satte i golvet. För det var ju den nya traditionen. Men hennes fortsatte åka upp och ner tills hon fyllde fjorton, sedan blev det väl mer intressant med sovmorgon för de två döttrarna än att väckas av sina skrålande föräldrar och smula ner sig med knäckebröd i bara pyjamasen.

Niohundrasjuttiotre kronor hade hon erbjudit lillebror för äggkopparna han fick i arv. 850 hade han gått därifrån med. För den hon mindes som favorit. Hon förstod inte hur hon kunde glömma bort den som aldrig fick gå sönder. Den måste ju ligga med i lådan, hon brukade ju titta på sin mors samling varje gång hon hälsade på hos dem. Sist hon besökte sin far hade den ju stått kvar där på översta hyllan, ett snäpp över den hon mindes som sin favorit. Det var nästan ett år sedan hon hälsat på honom sist. Julafton. Då hade hon fått välja vilken äggkopp hon ville.

De hade träffats efter det, tagit en fika eller en lunch. Han hade besökt henne när hon fyllde år, han hade självklart sjungit för henne då. Jaaa mååå hooon leeevaaaa. Falskt. Den traditionen levde kvar även efter att deras mor gick bort, trots att det var länge sedan hon blev väckt av det kärleksfulla skrålandet. Han hade med sig en bukett blommor till henne.

Mer än så behövde hon förstås inte, hon hade alltid uppskattat omtanken mest vad hon än fick och några leksaker önskade hon sig såklart inte längre. Han hade haft en till bukett med sig, han skulle hälsa på hennes syster på vägen hem. Vita rosor, Annas favoriter. Själv hade hon fått en bukett gula och röda tulpaner, det var hennes favoriter.

Men hon hade inte varit hem till honom, hem till barndomshemmet, på nästan ett helt år. Och nu var allt borta, nu fanns det inget hem till honom längre, inget barndomshem. Bara ett tomt hus. Det var svårt att få grepp om. Hon kände sig fantastiskt dum och förstod inte hur hon kunde ha glömt bort sin finaste, mest speciella favorit av favoriterna när arvet delades upp och hon köpslog med sin lillebror. 850 hade hon betalat för alla äggkoppar. Det hade känts rätt. Men herregud, bara DEN är värd en nolla efter siffran hon förhandlade sig upp till att få betala. Och det fanns säkert fler som väcker gamla minnen till liv. Nej, hon måste höra av sig till honom igen och se till att få betala mer. Han skulle kunna få halva förtjänsten från försäljningen av huset, lätt, trots att det förmodligen skulle bli en mindre förmögenhet för henne och säkert bara lite mer än några månadslöner för honom. Men det handlar inte om pengar här i livet, även om man ska uppskatta de man har, det hade hon lärt sig i väldigt ung ålder. Tack vare en äggkopp.

Hon antog att cirkeln på nåt sätt skulle slutas om hon nu betalade för en med ett halvt hus. Hon log åt tanken och insåg att det aldrig skulle hända. Lillebror skulle omöjligen kunna förstå vad det var hon så prompt insisterade på att betala för, för honom var det förmodligen orättvist att han tog emot så mycket som han gjorde. Och rättvis, det var han. Gärna med 15-20% mer rättvist till hans fördel. Men aldrig mer än 30%. Hon antog att han skulle ha kommit till sans och korrigerat den redan gjorda transaktionen innan hun gick om hon inte överrumplat honom med en sån där jobbig kram. Han tog förmodligen pengarna bara för att få gå därifrån till att börja med, när han insåg att hon vägrade gå med på vad han ansåg var en fair deal med en hundring. Allt för att hon skulle kunna känna att de var hennes på riktigt.

Hon funderade över vad som var mest rimligt nu, att HAN skulle kontakta henne för att ställa saker till rätta när hon betalat ett sådant överpris för något som saknar ekonomiskt värde, eller om han skulle leva med det som det är för att slippa ha med henne att göra mer. Ibland ville hon bara slå honom på käften, och igen på ett annat ställe, men oftast saknade hon honom. Hon saknade alla sina syskon, mest sin syster förstås som hon tappat kontakten lite med de senaste åren, det var inte som det brukade mellan dem. Eller, kanske saknade hon inte alla jättemycket. Undantaget får väl vara storebror som efter det där med gungstolen enbart kan dra åt helvete och hon hoppas att han sätter pengarna han fick från auktionen i halsen och kvävs ihjäl tills han dör. Eller, det gör hon väl förstås inte. Fast kanske bara lite, i smyg.

Den gemensamma presenten hon och hennes syster fick den dagen, när de fyllde nio, var en hundvalp. Den var deras och bara deras lilla snutti-snuttis så länge de bodde hemma. Sen fungerade det inte riktigt att ta med honom när de flyttade, först för att gå på universitetet, sen för att påbörja sina egna vuxna liv. Hunden blev alltid lika glad att se dem när de kom hem, men tog förmodligen inte illa upp när de lämnade barndomen bakom sig. Den förstod nog inte riktigt att den var just deras och bara deras lilla snutti-snuttis och uppfattade sig nog mer som en del av hela familjen.

Hon blev förstås ledsen när den dog, men hon tog det inte lika hårt som hon tyckte att hon nog egentligen borde ha gjort. Men dels var det ju en ganska konstig och känslosam period i hennes liv, den dog ju kort efter hennes far. Dels så associerade hon den väldigt mycket med barndomen. Den var liksom inte ett lika starkt inslag i hennes vuxna liv, så det föll sig väl naturligt att hon inte hade lika starka känslor för den längre. Hon hade väl växt ifrån den, som hon växt ifrån så mycket annat. Hon hade fått lite dåligt samvete av att hon resonerade så...pragmatiskt, över detta. Hon kände sig lite som sin lillebror när hon insåg det.

Hon fick ännu mer dåligt samvete över att hon inte tröstade den. Den dog av sorg, efter att hennes far gick bort. Det var hon övertygad om, trots att den faktiskt var väldigt gammal. Hade den orkat med att leva om hon funnits där? Om hon och hennes syster hade låtit den veta att egentligen så är den faktiskt fortfarande deras lilla snutti-snuttis, har alltid varit och kommer alltid att vara. Hon hade inte gråtit när hon fick dödsbeskedet om sin far, hon grät inte på begravningen, hon upplevde sig själv vara oroväckande pragmatisk under hela förloppet. Men när hon började grubbla över deras lilla snutti-snuttis, som dog av sorg, kanske bara för att hon inte fanns där för att trösta den...då brast det. Då kom allt. Hunden. Hennes far. Minnet av hennes mor. De trasiga spillrorna av vad som en gång var hennes familj. Vad som inte längre fanns kvar mellan henne och hennes syster. Hon grät i dagar.

Utöver äggkopparna som hon värderade så högt så hade hon förstås den gamla morakniven i sin ägo också. Den som hon fick av sin far när hon var liten och de täljde träfigurer. Den som kanske hade räddat hennes liv?

Den som låg på marken bredvid hennes fötter nu. Den som kanske...kanske, hade gjort henne till en mördare?

Hon tittade ner på den, släppte den döda med blicken. Den mördade, om man ska vara korrekt. Som hon hade mördat. Men hon var ingen mördare. Verkligen inte. Hon tittade på kniven. Den var dammig. Det var förstås rimligt, den hade fallit ner på grusvägen när hon backade bort från den döda, efter att hon var klar med sin fruktansvärda handling. Men SÅ dammig? Hon lutade sig ner på huk och betraktade den

69

där den låg på marken, hon förmådde sig inte plocka upp den igen.

Hela knivbladet såg verkligen ut att vara täckt av ett tjock lager damm, precis hela. Handtaget...var rent. Där hon hade hållit i den, innan hon chockat släppte den till marken när hon insåg vad hon hade gjort, såg det inte ut att finnas ett enda dammkorn. På botten av handtaget var den lika ren som där hon hållit i den. Högst upp, där handtaget möter bladet, fanns spår av damm. Som om det...stänkt? Men inte från marken? Från bladet? Hon insåg något annat som var konstigt. Som var väldigt, väldigt konstigt. Hon kände en rysning längs ryggraden.

Det fanns inget blod på kniven.

Till sist var det då alltså hennes tvillingsyster Anna. De hade varit väldigt nära när de växte upp. De hade även varit väldigt lika, inte bara till utseendet. Det fanns förstås saker där de skilde sig åt, något som blev tydligare ju äldre de blev. Men i mångt och mycket var de som varandras reflektioner, både på utsidan och på insidan. Ibland hände det att de kunde inte bara avsluta varandras meningar, utan föra en kortare konversation med sina föräldrar eller bröder och turas om med vartannat ord. Hon tyckte att det var en ganska kul grej då, det tyckte de båda. Ingen av dem förstod riktigt varför deras föräldrar förbjöd dem från att prata i munnen på varandra, som flickorna kallade det, när de befann sig bland andra människor.

En av få gånger deras far blev arg på dem, riktigt arg, han till och med höjde rösten, var när de glömde bort sig och turades om att prata i munnen på varandra under loppet av flera meningar när grannparet var på besök. Föräldrarna hade skämtat bort det med nån ursäkt om att de hade bestämt vad de skulle säga innan och övat på sitt rum, de brukade göra så ibland flickorna, men fann sig ställda när grannfrun Eivor undrade ifall föräldrarna också varit delaktiga i skämtet? Det var först när Eivor påpekade att det ju faktiskt var en hel konversation där flickornas far varit delaktig som han insåg att det förstås inte vore rimligt såvida han inte varit med på skämtet. Men den bron hade han ju bränt i och med den förvåning han uppvisade när frågan först ställdes. Han valde trots det att köra på med den kompletteringen, ja, jo, hahaha, vi skojade till det här allihopa, hahaha, men er kan man inte lura minsann. Haha. Då blev han arg på dem. Han höjde rösten när grannarna gått hem. Han nästan skrek, kan man säga. Det var faktiskt så att han nästan skrek. Han dämpade sig förstås när han såg att flickorna på riktigt blev förtvivlade och var nära att gråta, till och med Anna som alltid var så tuff, och bad dem om ursäkt. Och hon älskade honom för det.

När alla sansat sig och de begynnande tårarna var torkade avslutade han dock med att säga det mest hemskaste av precis absolut allting han någonsin hade kunnat säga till dem, åtminstone till henne. Han lät meddela att han skulle bli väldigt besviken om det hände igen. Hennes syster tog inte åt sig på samma sätt, men hon började gråta på riktigt nu. Hon var otröstlig. Hon kunde inte föreställa sig något värre än att få höra att hon gjort sina föräldrar besvikna. Bara en antydan om att det var dit de var på väg var det mest hemskaste av precis absolut allting han någonsin sagt till henne. För alltid gånger tusen miljoners miljoner någonsin, till och med. Så de satte sig i bilen hela familjen och åkte och köpte glass. På vägen hem hände nån såhär konstig grej med nåt sånt där motorpryl, och då åkte gaffatejpen fram igen. Hon mindes idag inte alla detaljer precis så som de kanske inträffat, men det var i stora drag exakt så det gick till den dagen, när hon nästan gjorde sin far besviken.

Detta hände när de var fem och och ett halvt och inte riktigt förstod bättre, och fortfarande delade rum. De delade ju förstås rum från och till fram till att de flyttade hemifrån, det hände faktiskt ibland att Anna sov över hos henne än idag, och hon minns att de låg och pratade till sent på nätterna.

Åtminstone i början när de hade egna rum men envisades med att sova över i varandras sängar. De kunde prata med varandra hur länge som helst, när de egentligen borde sova. Deras mor hade en gång nämnt under det första året att kanske vore det bra om de höll sig i sina egna rum när det var läggdags, de var ju så trötta på morgnarna när de låg och pratade hela nätterna. De vägrade förstås sova i varsitt rum precis varje natt, men de slutade prata efter att de gått och lagt sig. De hade upptäckt vid den här tiden att de kunde konversera med varandra ändå. Man behövde inte öppna munnen och använda ord...inte när man ville prata med sin syster. De började vid det här laget ana att det kanske var något som var lite...annorlunda, med dem.

Så de babblade på med såna där onödiga ord en stund varje kväll när de gått och lagt sig i samma säng. Sen när det kändes lämpligt att de inte skulle prata och hålla varandra vakna, då blev de tysta. Det hände att de slöt ögonen för att förstärka illusionen av att de inte kommunicerade med varandra. En gång ledde denna strategi till att de båda somnade innan de liksom hade pratat klart. Då lärde de sig att man behövde faktiskt inte ligga vaken...inte när man ville prata med sin syster. Det var kring den här tiden det började hända riktigt konstiga saker ibland när de var tillsammans.

Det var inte förrän de var tonåringar som grannfrun tog upp deras speciella egenskaper med dem. Eivor hade lagt märke till ett och annat, trots att de var väldigt försiktiga. Det visade sig att hon hade räknat ut tillräckligt mycket för att de inte skulle kunna neka till något, men det kändes ändå inte helt bekvämt för henne att bara erkänna rakt ut att så mycket riktigt var fallet, att de var så att säga speciella. Annorlunda. Hon fick Eivor att lova dem att inte berätta för deras föräldrar om vad hon visste eller hur hon listat ut det. Absolut inte deras far, särskilt inte för honom. Men även särskilt inte för deras mor heller, gärna.

Eivor lovade dem på heder och samvete och ville svära på sin farmors grav men där hade hon sagt ifrån. Det var lite väl specifikt vems grav det skulle svärs på, tyckte hon. Ingen av Eivors föräldrar levde och äldre generationer än så var sedan länge borta, så varför just farmors grav? Eivor hade förstås berättat en och annan så kallad lustig anekdot om sin farmor ibland när grannparet hälsat på deras föräldrar. Lustiga anekdoter var väl vad man kunde avfärda dem som, men när det nu helt plötsligt skulle svärs på människans grav i samband med att flickorna anmodats att prata öppet om sina speciella färdigheter....hon fick en känsla av att det kanske fanns saker de snart skulle få höra berättas om som hörde ihop med saker de själva förväntades berätta om. Som i sin tur inte var helt orelaterade till somliga av de så kallade lustiga anekdoterna om Eivors farmor. Så nej, här skulle det inte svärs något. Hon nöjde sig gott och väl med Eivors löfte på heder och samvete. Hennes syster verkade däremot inte ha reagerat något särskilt på detta med att det skulle svärs på folks gravar, men så var de ju inte helt likadana i precis exakt alla avseenden.

Eivor berättade för dem att de absolut inte gett henne någon anledning att misstänka att något var lite speciellt med dem. Att flickorna var så att säga annorlunda. Åtminstone inte sedan de turades om att prata med henne för många år sedan. Eivor hade haft svårt att släppa det, något kändes inte riktigt rätt när deras far försökte avfärda det som ett skämt, men det dröjde några år innan hon gjorde kopplingen till någon form av förmåga. Att flickorna verkligen var speciella, annorlunda, på riktigt. Eivor hade aldrig sett det så förut, men hade ej heller sett tvillingar med så välutvecklad förmåga under så...speciella omständigheter. Anna skrattade till men hon själv visste inte varför eller vad de speciella omständigheterna var som hennes syster fann så lustigt.

Nej, de hade inte uppträtt på något sätt som gav upphov till misstankar om vad de var kapabla till, rentav vad de var...det

73

var ju då förstås en sak Eivor inte kunnat undgå att lägga märke till innan de blev tio, hon hade förstått ett och annat då. Klart och tydligt. Anna såg obekväm ut, men Eivor sa inget mer om vad denna sak skulle kunna tänkas vara och fortsatte berätta att hon därefter hade iakttagit dem desto noggrannare än innan. Uppmärksammat saker som någon oinvigd aldrig skulle kunna förstå. Och sådant man inte förstår, det avfärdar man innan man hinner tänka på det för mycket och förvirra sitt lilla begränsade sinne, förstår ni flickor.

Så om hennes föräldrar fick veta att Eivor visste, fick veta VAD Eivor visste, skulle de inte ha någon som helst anledning att bli förargade på henne. Det var...annat, som hade fått Eivor att slutligen kunna bekräfta för sig själv hur det egentligen stod till med dem. Med betoning på egentligen. Hur annorlunda de verkligen var. Med betoning på verkligen. Mer än hon först kunde ana. Mer än hon hade kunnat föreställa sig i sin vildaste fantasi. Hur illa det faktiskt visat sig vara, som hon uttryckte det. Annat som fick henne att nu ta upp detta med dem, konfrontera dem rentav. Annat, som Eivor verkligen inte hade för avsikt att avslöja för deras föräldrar, eller för någon annan utomstående för den delen. Eivor var rädd att ingen annan människa skulle kunna hantera vad som fanns att berätta, hon var rentav rädd att Anne inte skulle kunna hantera vad som fanns att berätta. Men Eivor såg inget annat alternativ. Hon måste få veta. Eivor måste berätta för henne om något Annat. Hon mindes idag inte alla detaljer precis så som de kanske inträffat, men det var i stora drag exakt så det gick till den dagen, när Eivor berättade för dem om något Annat.

Hon kunde inte låta bli att undra om det var detta som låg framför henne på marken. Det hon nyss hade mördat, men ändå försökte övertyga sig själv om att hon inte var någon mördare. Det grannfrun hade berättat för henne och hennes syster den dagen för många år sedan. Kunde detta alltså vara något Annat?

Hon stirrade på kniven. Kunde inte förstå vad som hände. Det fanns inget blod på den. Varför fanns det inget blod på den? Hon hade tappat räkningen över hur många hugg hon hade delat ut. Ett dussin? Om man inte räknade med de hon delade ut framifrån, innan den föll. När hon skar den i halsen, det borde ha kommit mängder med blod.

Deras förmåga, om man kan kalla det så, avtog lite i takt med att de blev äldre. Om de växte ifrån den eller om de började glömma kan man bara spekulera i. Men när de närmade sig slutet av gymnasiet var det mest öppna munnen och använda ord när de pratade. De konverserade inte längre med varandra när de drömde. De kunde fortfarande turas om att säga hela meningar, men mycket mer än så var det inte. Hon minns att hennes syster var den som började med detta. Att sluta vara annorlunda. Hon tyckte att det var synd, att det var lite speciellt att vara annorlunda, men om Anna ville känna sig normal kunde hon respektera det. Även om hon hade svårt att förstå det. De konstiga händelser som inträffade runtomkring dem när de växte upp hade helt upphört.

Hon såg att den rörde sig. Kroppen expanderade och sjönk ihop. Men hon trodde inte att den andades.

Varför fanns det inget blod på kniven?

En konstig sak med deras relation till föräldrarna som hon inte kunde förstå, var varför hon var favoriten. Varför deras föräldrar tyckte om henne mer än hennes tvillingsyster...de hade ju varit så lika när de växte upp....men det var förstås då det. På den tiden, när de alla var unga, fanns det väl inte direkt några favoriter. Alla deras barn var lika älskade, och lika älskvärda. Det var först när de alla började bli unga vuxna, när de blev sina egna personer och inte längre enbart var sina föräldrars barn...

Bröderna kunde man väl säga både det ena och det andra om, att det inte fanns någon uppenbar kandidat till favoritposten i det urvalet var väl föga förvånande, även om storebror hade sina stunder där det plockades många poäng. Den lismande saten. Lillebror hade vid den här tiden blivit helt innesluten i sig själv. När de lämnade barndomshemmet började de alla dra iväg åt olika håll. Till och med hon och hennes syster. Och hon såg ju att detta med favoriseringen var något som började märkas av mer tydligt i takt med att de gled ifrån varandra. Alla. Inte bara syskonen sinsemellan, de gled även bort från föräldrarna. Mer än vad barn kan göra när de flyttar hemifrån. Det var bara hon som höll fast vid dem. Vid sina föräldrar. Vid vad som funnits dem emellan när de växte upp, vad hon aldrig ville släppa..så jo, hon kunde nog egentligen kanske förstå lite varför hon var favoriten. Men hon kunde ändå inte riktigt, riktigt få grepp om att deras föräldrar kunde ha favoriter. Det förekommer väl, absolut, kanske rentav är vanligt. Och det vore väl inte konstigt om vissa uppskattades mer än andra i deras brokiga syskonskara...men ändå, att hennes föräldrar kunde älska någon av dem mer än de andra, och därmed älska någon mindre...det hade ändå alltid varit lite svårt att greppa för henne.

Till och med hennes syster gled ifrån familjen, och även från henne, en liten aning. Men inte hon. Även om de oftast besökte föräldrarna tillsammans, så var det inte ovanligt att hon hälsade på dem själv. Till och med på senare år när hon och hennes far besökte graven på hennes mors födelsedag följde Anna sällan med. Anna hade ofta något annat för sig. Något viktigare. Men för henne existerade inget viktigare än familjen. Vissa i familjen var kanske viktigare än andra och vissa andra i familjen var kanske just idag mindre viktiga än en gammal gungstol bara för att ta ett färskt jävla exempel. Vissa syskon ville man ibland slå i ansiktet, ibland även någon annanstans än ansiktet....hon gissade att hon nog inte var ensam om att vilja slå vissa i ansiktet ibland.

Men för henne existerade som nämnt inget viktigare än familjen och hon insåg nu att familjen var över. Hennes syster var inte ens med när de besökte advokaten, hon fick ingenting heller. Och storebror fick gungstolen. Hon kunde inte förstå hur det hade blivit så. När slutade de tycka om hennes syster? Och varför? Hon minns att de inte sjöng för Anna när de fyllde tio. De visste ju i och för sig vad flickorna tyckte om deras skrålande Jaaaa Mååå Hooon Leeeevaaaaa, det var lite sådär pinsamt och jobbigt att lyssna på. Men samtidigt älskade de det. Åtminstone gjorde hon det. Anna kanske inte tyckte om det riktigt lika mycket, och hon själv var väl kanske den av dem som alltid satt mest värde på visad omtanke. Men hennes syster förtjänade också omtanke och om Anna var tvungen att utstå falsksång på köpet så fick väl Anna helt enkelt ta det, det hade hon gjort klart för sina föräldrar. Så de sjöng för hennes syster på kvällen när flickorna skulle gå och lägga sig istället och bjöd på varm choklad på sängen istället för frukost.

Hon visste idag inte om det var för hennes skull de gjorde det och hon var inte heller säker på om Anna helst av allt faktiskt på riktigt ville slippa falsksången men härdade ut för just hennes skull. För att hon tyckte om det så mycket och blev ledsen för sin systers skull när Anna inte fick ta del av samma omtanke, trots att Anna då kanske inte alls uppskattade det längre, egentligen. Men deras föräldrar kom i alla fall med frukost på sängen till dem båda därefter, med tillhörande falsksång, tills de växte ifrån det och hellre ville ha sovmorgon.

Det var även första året de glömde köpa tårta i förväg. Deras föräldrar och två bröder hade åkt iväg och köpt tårta medan flickorna fortfarande låg och sov. Tidigare år hade detta alltid ordnats dagen innan av någon av föräldrarna på väg *hem från jobbet. Men det året hade de åkt iväg till ett bageri tidigt på morgonen och köpt tårtan samma dag, nästan hela familjen. Trots att bröderna aldrig var med och sjöng för dem, det hade alltid varit något mellan föräldrarna och den som fyllde år, falsksång och frukost på sängen. Därefter firade hela familjen tillsammans när alla samlades vid köksbordet och åt frukost på riktigt. Men från det året och framåt blev det en ny tradition att köpa tårtan samma morgon som systrarna fyllde år, den enda flickorna inte var delaktiga i. Men det gjorde henne inget, hon uppskattade på något sätt att det nu fanns något som bara var hennes bröders. Hon och hennes syster hade ju varandra, alltid. Hon tyckte ibland lite synd om deras bröder som inte fick uppleva samma sak, samma starka band med en annan person, så hon var lite glad för deras skull att det fanns en ny familjetradition som var bara deras.*

Hon kom ihåg att hon började få bättre julklappar än sin syster också. Ändå var hon den som var mest tacksam för minst. Alla syskonen fick bättre julklappar än Anna. Hon brukade dela med sig av sina, särskilt nåt år när skillnaden var omöjlig att gå miste om. De tänkte inte särskilt mycket på det, alla barnen fick ju ändå julklappar efter vad ekonomin tillät och systrarna delade ju ändå på allt. Men hon kunde ändå tycka i vuxen ålder att hennes syster inte verkade vara värd lika mycket som de andra, något hon kunde känna lite även som barn.

Hon funderade ibland över vad som kunde ha hänt, om hennes syster hade gjort något. Om Anna hade gjort deras föräldrar...besvikna? Hon hade frågat, men fick aldrig något riktigt svar vare sig från föräldrarna eller från Anna.

De hade sedan börjat tappat kontakten när de blev vuxna. De träffades fortfarande, men inte lika ofta. De brukade hälsa på sina föräldrar, och sedan sin far när han blev ensam, tillsammans. Men det var lika vanligt att hon träffade dem själv då Anna inte alltid följde med. De pratade i telefon, men mer sällan. De pratade alltid med ord med varandra. Det var länge sedan de hade träffats i sina drömmar. Det speciella band de haft sedan de föddes, så länge hon kunde minnas, fanns inte längre. Det kändes inte längre som att de var systrar. Inte på samma sätt. Hon upplevde att de var mer som gamla klasskompisar som man inte hade jättemycket gemensamt med men man sprang in i varandra till och från så det föll sig naturligt att man upprättade en sporadisk kontakt. Men de stod varandra alltså inte tillnärmelsevis lika nära som när de växte upp.

Hon saknade sin syster. Sin älskade, älskade syster. Som nu var den enda riktiga familj hon hade kvar sedan båda deras föräldrar lämnat dem. Lillebror hade själv avsagt sig medlemskapet i deras familj, hon saknade honom också ibland, och storebror var...han var storebror. Han hade varit en bra storebror när de växte upp, sådär som storebröder ska vara. RÖR INTE MIN SYSTER! Men när de alla blev vuxna och de var för sig började glida ifrån varandra fanns inte längre något riktigt syskonband mellan dem, även om det inte var lika tydligt som med lillebror. Och ibland kunde han vara ett riktigt jävla arsle och bara tänka på sig själv. Bara, bara, bara. Om han så förlorade minst tio tusen kronor på det för att en gungstol hellre får gå på auktion än säljas till någon i familjen som verkligen vill ha den, han skulle ju faktiskt ha kunnat tjäna flera hundra kronor mer om det blev budgivning. Kanske rentav en tusenlapp. Och det var ju hans gungstol att göra vad han vill med och sälja till vem han vill. Idiot.

Hon var besviken på honom för det. Just det, besviken. Det var rätt ord. Ett ord som fick tårarna att rinna på henne för många, många år sedan när deras far bara så mycket som antydde att det fanns på kartan. Nu när hon själv använde det om någon och verkligen menade det, om sin storebror, insåg hon hur starkt det ordet verkligen var för henne. Hon hade tänkt tillbaka på det där och ansett att hon kanske överreagerat något, att hon var lite väl känslig. Men nu först förstod hon vad det verkligen innebär att vara besviken på någon i sin egen familj. Besviken på riktigt. Hon förstod varför hon fortfarande varit ledsen efter att deras far tagit med dem alla och köpt glass. Hon var besviken på sin storebror och hon förstod att han inte längre var hennes familj. Hon förstod att hon inte hade någon familj kvar längre. Bara sin syster, och de hade tappat kontakten.

Hon tänkte mycket på de senaste gångerna de träffats, eller bara pratat. Hon tyckte att Anna hade börjat bete sig underligt. Blivit konstig. Varit frånvarande, inte bara i hennes liv, utan i beteendet. Sist de pratade med varandra berättade Anna att hon förföljdes. Något gömde sig i skuggorna och förföljde henne, iakttog henne. Nej, det gömde sig inte i skuggorna, det levde i dem. Det var en del av dem. Det klädde sig i mörker. Något som ville dem båda ont. Något som ville ta dem från varandra. På riktigt. Något som inte var mänskligt. Något Annat.

Det var några månader sedan och därefter hade hon själv börjat känna samma saker som hennes syster berättade om. Hon hade känt sig förföljd. Hon VAR förföljd, av en känsla. En känsla av att något är ute efter henne. De var ju tvillingar, det sägs ju att det finns nån sorts koppling ibland, nån sorts sjätte sinne. Och det var väl kanske ungefär exakt vad de hade haft när de växte upp. Något som följt med dem i vuxen ålder som de sedan hade växt ifrån i takt med att de växte ifrån varandra. Som nu helt plötsligt började komma tillbaka?

Var det vad som hände här? Hade hon smittats av vad Anna upplevde? Var det någon sorts sinnessjukdom som nu drabbat dem båda? Som låg i släkten? Gubbarna stryker med i en hjärtinfarkt, kärringarna blir tokiga i huvudet? Eller var något faktiskt ute efter hennes syster? Hennes tvillingsyster. Som nu

hade satt siktet på henne? Var det något Annat som var ute
efter dem båda? Som alltid varit ute efter dem? I vilket syfte?

Hon tittade ner på kroppen igen, som hon nyss hade
dödat...det kändes som ett bättre ord, dödat. Hon var ingen
mördare, hon var en dödare. Det lät nästan lite häftigt när
hon smakade på ordet. Dödare. Som en hjältekaraktär i en
TV-serie...var inte Buffy det enligt de svenska undertexterna?
Nej, hon var en dråpare, väl? Hmm, dråpare låter lite
pretentiöst, och framförallt derivativt. Nej, hon var en
dödare. En ondska-dödare? Nej, nu blev det fånigt igen.
Annat-dödare var om möjligt ännu fånigare. Hon kom på sig
själv med att spinna iväg i tankarna, tappa fokus. Kanske var
det en naturlig psykologisk process för att bearbeta vad hon
just nu började komma till insikt om, men troligen aldrig
skulle förstå.

Den rörde sig fortfarande, kroppen. Den expanderade och
sjönk ihop. Men den andades inte. Det var hon säker på nu.

Den hade kommit ut från ingenstans. Det var ingen man, det
såg bara ut som en. Den hade gömt sig i skuggorna. Inte som
man tänker sig att en människa gör när man hör uttrycket.
Den hade på riktigt befunnit sig i skuggorna. Varit en del av
dem. Klätt sig i mörker.

Det hon såg sedan borde ha skrämt henne, men hon hade
redan sett att mordvapnet, kniven, inte hade ett spår av blod.
Bara damm.

Kroppen hade nämligen inte heller något spår av blod. Den
var täckt av hål från hennes knivhugg. Hål som...måste
ha...växt? Efter att hon utdelade huggen? Runda hål, stora
som femkronor, med naggade kanter. Svarta. Riktigt svarta.
Om svart hade haft nyanser skulle de ha varit mörksvarta. De
var större än knivhugg. Ur dem såg det ut att stiga en form av
rök.

Rök som bestod av...damm.

Hon tänkte tillbaka igen på den där gången hon och hennes syster hade varit hemma hos grannfrun när de var tonåringar. De hade pratat länge. Eivor var försiktig till en början, ville inte gräva för djupt, pressa för hårt. Eivor ville inte öppna dörrar som Anne inte hade upptäckt själv än. Men försiktigheten var snart som bortblåst. Eller, snart och snart. Systrarna hade varit kvar hos grannarna hela dagen. När Eivors man Axel kom hem från en fisketur med flickornas far fick han veta att han inte var välkommen. Eivor hade pratat med flickans mor, han var välkommen att spendera resten av dagen och kvällen hos Bengt och Charlotte. Det bjöds på potatisgratäng där borta, Charlotte hade förstås räknat med att de i vanlig ordning inte skulle ta med sig någon fisk hem. Flickan skulle äta middag här ikväll. Han var välkommen tillbaka när hon kom hem, och blev det inte ikväll så fick han väl sova på grannarnas soffa helt enkelt.

Eivor hade pratat med deras mor...visste deras föräldrar? VAD visste deras föräldrar? Visste de vad Eivor ville prata om med dem den dagen? Visste de allt vad som skulle sägas?

När de gick hem morgonen därpå kunde hon med största säkerhet konstatera att deras föräldrar inte kunde ha en aning om vad som sagts. De hade ju sett att deras döttrar var lite annorlunda, de hade ju hört Eivor prata om sin farmor - förstås rena fabler och påhitt, rimligen - men någonstans måste de ju ha förstått att Eivor visste ett och annat om sånt som var...lite annorlunda. Någonstans förstod de ju att Eivor var den som rimligen visste mest av dem alla, om sånt som var just annorlunda. Flickorna inräknade. Trots att även de själva uppenbarligen var annorlunda.

Eivor berättade den dagen, och halva natten. Berättade om förmågor. Om de som var annorlunda. Och om allt Annat.

Innan de gick hem hade hon hade gett dem en kniv...nej, Eivor hade gett HENNE en kniv. Var det sagt att hon skulle skydda dem båda? Det förstod hon inte, hennes syster hade *alltid varit lite, lite starkare. Lite tuffare. Lite modigare. Hon själv hade alltid varit den mer känsliga av dem. Så varför fick inte Anna kniven?*

Dammet fortsatte att stiga från hålen som inte längre var skador efter knivhugg. Kroppen expanderade och sjönk ihop. Den började röra på sig mer nu, började röra på sig på andra sätt.

Hon kom ihåg det nu. Efter alla dessa år kom hon ihåg det klart och tydligt. *Hon hade inte fått kniven av sin far. Hon hade använt den när de täljde träfigurer tillsammans, men hon var äldre när hon fick den.*

Hon fick den för att försvara sig mot Annat.

Hon var ingen mördare. Hon hade försökt döda något Annat.

Och misslyckats.

Hon fick den av Eivor, när hon var tonåring. Det var samma kniv hon hade försvarat sig med när något Annat nu kommit för att ta henne, *men hon hade använt den redan när hon täljde träfigurer med sin far. Många, många år tidigare. Hon var säker på att det var exakt samma kniv, trots att det vore orimligt, rentav omöjligt...men varför hade inte hennes syster fått någon kniv? Den där dagen när de besökte grannfrun och de pratade länge, länge...hennes syster...som var med ibland och täljde, fick låna en kniv av deras far...det var bara hon som hade en egen kniv. En kniv hon fick av Eivor, nästan tio år senare.*

Hon hade fått den av grannfrun när hon var tonåring. Hon hade använt den tillsammans med sin far, och ibland sin syster, när hon var barn. Den var lite slö redan då. Den var inte till för att tälja träfigurer eller rensa fisk eller skära av kvistar. Det var den egentligen för slö för. Det hade den nog alltid varit. Den var till för att döda Annat.

Hon såg henne komma gående långt borta. Genom dammet som inte var damm. Dammet som spridit sig över hela vägen.

Det onda var borta nu, det hade släppts ut, men kroppen rörde på sig ändå. Mer än tidigare. Men den andades fortfarande inte. Skulle det vara över nu?

Hon kom gående genom dammet. Hon kom närmare. Hade även hon släppts ut tillsammans med det onda?

Det onda...något som är rakt igenom ondskefullt, en varelse som består av genuin ondska. Det var förstås inte sant. Det var inte ondska.

Eivor hade berättat för dem om sådant som var annorlunda. Sådant som inte hörde hemma här. Hon hade berättat att det fanns Annat som kom hit för att rätta till det.

Det var inte ondska hon hade fällt till marken. Det var inte ondska hon hade försvarat sig mot. Det var något Annat. Som kommit för att rätta till något som var fel. Ställa till rätta sånt som aldrig var meningen. Sånt som var annorlunda.

Hon såg ut att vara åtta-nio år gammal. Hon såg nästan exakt ut som den där dagen när de fick en hund. Och hon såg lika lycklig ut nu som hon gjorde då...kanske såg hon något år äldre ut än den dagen, men hon såg lika lycklig ut.

Det var något som inte stämde. Något hade hänt, något konstigt hade hänt. Det här var inte naturligt. Det var inte ens annorlunda. Hon hade i och för sig precis försökt döda något Annat, med en kniv hon fick som tonåring som hon sedan hade i sin ägo redan som barn, så det var förvisso mycket som inte stämde.

Men något hade hänt med hennes syster, något som var fel, det fanns ingen annan förklaring. Det var inte bara hennes ålder som inte stämde. Något hade hänt med Anna sedan de talades vid sist, när hon berättade om det som förföljde henne i skuggorna. Det som klädde sig i mörker.

84

Varför var hon så ung nu? Var det sista gången hon var lycklig, när hon var åtta, nio år gammal? Var det då det hände, det som varken Anna eller föräldrarna pratade om, som gjorde att de tappade tycket för hennes syster och gjorde henne själv till deras favoritbarn?

Begravningen.

Det var en begravning som de gick på. Hela familjen. Innan de fyllde tio. Det var mitt i vintern. Landskapet var snötäckt. Kyrkan var fylld av vita rosor. Man måste vara tyst när det pågick en begravning, förstås, så hon och hennes syster hade pratat utan att använda ord.

Hennes föräldrar hade gråtit. Hennes bröder hade mest stirrat ner i golvet. Men hon och Anna hade pratat...

Grannarna var där. Eivor och Axel. De hade svårt att hålla tårarna tillbaka de med. Eivor hade tittat på henne och hennes syster. Hon hade tittat på dem båda med sorg i blicken och en tyngd i själen.

Vem var det som skulle begravas? Vad var det de hade pratat om utan att använda ord som inte kunde vänta tills de lämnade kyrkan? Hon kommer ihåg att hon också grät. Anna hade tröstat henne då. Lagt armarna om henne. Lovat henne att allt var bra. Att det skulle bli bättre. Att vad som än händer så har de alltid varandra. Och det är ju det viktigaste av allt.

Hon hade blivit arg. Hon hade skrikit åt sin syster, kallat henne lögnare. Alla i kyrkan hade tittat på dem. Hennes föräldrar hade försökt få med henne ut. Men hon vägrade. Eivor hade förmått föräldrarna att lämna henne ifred, låta henne vara. Hon var så arg, så arg på sin syster. Hur kunde hon sitta och ljuga så där! Hur kunde du bara lämna mig! Du har lämnat mig ensam och jag hatar dig!

Hur kunde du bara lämna mig.

Du har lämnat mig ensam.

Kyrkan var fylld av vita rosor, Annas favoriter.

Det var hennes syster de begravde.

Hon fick aldrig veta vad som hände men Anna hade hittats död. I snön. När hon var nio år gammal.

Hennes syster ljög inte. Vad som än hänt efter det, så hade de alltid haft varandra. De hade sovit över i varandras rum, delat säng nästan alla dagar i veckan. Hon hade glömt. Hon hade glömt bort att hennes syster var död. För hennes syster lämnade henne aldrig.

Det var därför deras föräldrar inte sjöng för Anna när de fyllde tio år gamla. När Anne fyllde tio år gammal...

Det var därför hennes syster fick lite sämre julklappar än de andra syskonen.

Varför fick hon julklappar över huvud taget? Visste hennes föräldrar att deras förlorade dotter var kvar hos dem? Att det bara var Anne som kunde prata med henne? Prata utan att använda ord? Eller spelade de teater, trodde de att hon inte kunde acceptera sin systers död, valde alla i familjen att spela med i hennes bearbetningsprocess?

Eivor hade inte spelat teater, hon hade tittat på dem båda i kyrkan. Eivor hade pratat med dem båda när de var tonåringar och de hade ett långt samtal där de fick ta del av hemligheter som egentligen inte var ämnade för de levande. Som inte var ämnade för Anne. Hon insåg nu att hon inte ens hade reagerat på när Eivor sa till sin man att han var välkommen tillbaka när hon kom hem...hon, inte de. Hon. Hade Eivor försagt sig, eller visste inte Axel att båda systrarna satt vid deras köksbord? Visste deras mor varför Eivor berättade att hon skulle äta middag där den dagen? Att det var ett viktigt samtal de måste ha just då, innan det var för sent. Eller accepterade deras mor att det bara var så det var, för när Eivor gjorde klart att något var på ett visst sätt, då var det så.

Varför hade deras förmågor försvunnit? Varför hade hennes syster slutat prata utan ord, när det förmodligen bara var så de som lämnat oss kan kommunicera? Hon hade respekterat att Anna ville vara mer normal. Inte ville vara annorlunda. Trots att annorlunda var allt som måste ha funnits kvar att vara. Var det för hennes skull det också? Precis som när föräldrarna sjöng för dem båda när de fyllde tio, sjöng för Anna först på kvällen efter att hon påtalat det orättvisa.

Och hunden...deras snutti-snuttis, som dog av sorg för att hon inte fanns där och tröstade den. Den hade alltid blivit så glad att träffa dem efter att de flyttade hemifrån...efter att hon flyttade hemifrån, och hennes syster på något sätt följde med. Den lekte ju även med hennes syster, redan när de bodde hemma. Visste den att Anna var död, inte fanns längre? Djur ska ju vara känsliga för sånt där sägs det, men märkte den någon skillnad? Hon undrade om hennes syster tröstade den nu när den var död, efter att hon själv inte tröstat den när den levde. Hon hoppades det. Kanske, kanske tröstades den av hennes syster redan innan den dog. De hade hittat den i Annas sovrum. Varför skulle den annars gå och lägga sig just i det rummet för att dö av ensamhet? Kanske var den inte ensam trots allt, inte just i slutet. Hon hoppades det också.

Och om alla i familjen verkligen bara spelade med, om de inte visste, om Anna fick julklappar och frukost på sängen när Anne fyllde år bara för hennes skull...de måste väl ha förstått när det fortsatte långt in i vuxen ålder? Eller hade alla trott att hon var tokig? Trodde de att hon hade gått sönder, precis som hennes lillebror?

...herregud lillebror.

Han övergav inte familjen för att han blev för fin, för att hans förflutna var en skamfläck i hans nya liv. Han tog sig bort

87

från dem så fort han kunde för att han inte klarade av att hantera förlusten. Han hade ju tyckt jättemycket om att kramas när hon var liten. När hon och Anna var små. När de alla fick vara barn. Han som älskade sina systrar så mycket, de hade varit det viktigaste av allt för honom. Det var efter begravningen han drog sig tillbaka. Slöt sig inom sig själv...det var då han blev kall. Pragmatisk.

Lillebror.

Så arg som hon varit på honom ibland. Förlåt, förlåt, förlåt!

Hon visste inte...hon förstod inte...hon hade glömt. Hon hade ju aldrig förlorat sin syster, inte på samma sätt som de andra i familjen. Det var inte bara lillebror Lars som gick sönder då. Allt gick sönder.

Även storebror Erik. Han hade varit en riktigt bra storebror när de växte upp, det hade han. När systrarna var små. När Anna fortfarande levde. Men även han hade förändrats efter det som hände. Han hade liksom slutat bry sig. Han gjorde det inte lika uppenbart som Lars, men även han förändrades i samband med det. Han hade aldrig riktigt varit samma storebror till henne efter deras systers begravning.

Och han hade verkligen inte varit någon bra storebror till Anna efter det som hände. Anna, som för honom då var borta. Inte fanns längre. När hon upptäckte att hennes syster inte längre verkade vara värd lika mycket som de andra syskonen, när Anna började få lite sämre julklappar, när hennes föräldrar inte gratulerade henne med frukost på sängen...den som behandlat Anna sämst av alla var Erik.

Hon insåg att det inte var Anna han hade problem med, hon fanns ju inte längre för honom, det var hennes egen oförmåga att släppa taget som grämde honom. Gungstolen som han absolut måste sälja på auktion, han visste att för henne var det ett lika starkt minne av Anna som det var av deras far.

Han hade alltid haft problem med att hon inte kunde släppa taget. Det var därför han vägrade sälja den till henne.

Det var förstås då de började glida isär från varandra, hela familjen. Inte när alla syskon blev vuxna och flyttade hemifrån, utan när Anna begravdes. Alla utom hon och hennes syster, de hade alltid haft varandra precis som Anna hade lovat. Alltid. Inget hade förändrats mellan dem.

Men de hade växt ifrån sina förmågor...förmågan att vara annorlunda. Hon insåg nu att det var i samband med att även de växte ifrån varandra.. Hon hade blivit vuxen, hon växte ifrån allt sånt som hör barndomen till. Sådant som Eivor hade lyckats hålla fast vid. De hade träffats mer sällan...hon kunde när hon tänkte efter, när hon tänkte tillbaka, inte ens minnas att hon någonsin varit hem till Anna, de hade alltid träffats hemma hos henne, eller ute. Alltmer sällan. Hon hade aldrig funderat över varför de aldrig sågs hemma hos Anna...varför hade hon inte reagerat över det?

Sist hennes far hälsade på henne när hon fyllde år, han hade haft två blomsterbuketter med sig. Han skulle hälsa på hennes syster på vägen hem. Han skulle inte hem till Anna, ingen hade någonsin varit hem till henne. Hennes syster hade inget hem. Hon hade en sten på en kyrkogård. Det var där deras far skulle ge henne blommorna när hon fyllde år. Hon undrade om han fortfarande sjöng för hennes syster när hon inte var med. Hon tyckte att han borde ha gjort det, hoppades att han gjorde det. Anna visste förstås att uppskatta omtanke hon med, även om hon mest tyckte att det var pinsamt när deras föräldrar sjöng för henne.

Den nya familjetraditionen, som hon och hennes syster inte var delaktiga i, när hennes bröder åkte med deras föräldrar och köpte tårta på morgonen när systrarna fyllde år...när hon fyllde år. De hade åkt och hälsat på Anna. Innan de kom hem och sjöng för henne, sjöng jaaa mååå hoon leeevaaa för dem båda, hade de redan firat hennes syster. Anna blev alltid

89

firad först av dem efter det. Efter begravningen. När hon fortfarande låg och sov hade resten av familjen åkt och hälsat på hennes syster. Lagt blommor på hennes grav. Hon följde aldrig med dem. Vill du följa med och träffa Anna, hade de frågat henne första året. Hon hade inte förstått vad de pratade om. Hon hade redan glömt. Glömt att Anna var död.

De hade slutat prata som de brukade, de en gång i tiden oskiljaktiga systrarna. Men hon hade inte förlorat sin förmåga, det var inte den hon hade växt ifrån, det var Anna hon hade växt ifrån. Börjat glömma att hennes syster fanns, precis som hon en gång för länge sedan glömde att hennes älskade, älskade syster inte fanns.

Hennes syster hade växt upp i samma takt som henne, men det kanske inte ens var Anna hon såg egentligen. De hade alltid varit så lika, hennes döda syster kanske bara valde att visa sig så som Anne förväntade sig att hennes tvillingsyster skulle se ut, som henne själv...

För just nu såg hennes syster ut att vara nio år gammal, lika gammal som hon var när hon dog. Varför då? Varför just nu? Och varför kom hon ens tillbaka, just nu?

Och varför hade Anna berättat att något förföljde henne sist de pratade med varandra? Något som lever i skuggorna, något som klär sig i mörker, något som ville ta dem från varandra, något Annat. Det hade ju redan tagit henne en gång tidigare, när systrarna var nio år gamla. Hade Anna hittat på allt för att försöka varna henne? Nej, det var fortfarande ute efter hennes syster, även efter att det redan hade tagit henne när hon levde. För att det var fel att hon var kvar. Och det är här för att ställa till rätta sånt som är fel. Precis som Eivor hade varnat dem, berättat för dem båda. Det var fel att Anna var kvar, stannade kvar för hennes skull, och det måste rättas till. Rättas till av något Annat. Det var här för att rätta till dem båda, för gott.

90

De pratade med varandra. Länge. Utan att använda ord. Långt innan Anna nått fram till henne.

Hennes syster, hennes älskade, älskade syster berättade. Och hon fick alla svar hon sökt, *allt det som Eivor inte berättat för dem. Inte berättat för henne. Svar som Eivor kanske inte ens hade själv.* Hon mindes allt hon glömt. Hon förstod allting nu. Och hon saknade sin syster, trots att de nu nästan befann sig intill varandra.

Hon saknade sin syster som hon aldrig upplevt saknad tidigare. Hon förstod hur lillebror hade känt, och fortfarande kände. Hon önskade att hon kunde få träffa honom igen och säga förlåt. Förlåt för att hon inte förstått. Och ge honom en kram. Ge honom en lång kram och gråta på hans axel, och låta honom gråta på hennes. Hon trodde att de båda skulle behöva det. Hon ville ge storebror en kram också. Och berätta för honom, allt det hon nu visste själv.

Hon undrade om deras lillebror någonsin skulle få veta. Om han skulle ta kontakt med någon i familjen någonsin igen i sitt liv, eller om någon skulle ta kontakt med honom. Någon...det var bara han och storebror kvar nu... Hon hoppades inte det, för hans skull. Han var trasig nog som det var. Han kanske inte gick att förstöra mer än vad som redan gjorts, men fanns det något i honom som fortfarande var helt så var hon rädd att det skulle gå sönder nu. Hon hoppades att han inte fick veta. Att ingen hörde av sig till honom.

Att ingen berättade för någon av hennes trasiga bröder. Deras storebror förtjänade så klart att förskonas han med, även om han nog var bättre rustad att hantera nyheten. Det skulle förstås vara trevligt om någon i deras splittrade familj kom på hennes begravning. För hennes egen skull. Men för sina bröders skull hoppades hon att ingen av dem någonsin fick veta. Att de inte såg någon notis i nån tidning. Att ingen av dem kom på hennes begravning.

Hon hoppades att ingen kom över huvud taget, förutom Eivor och Axel. Och att Eivor höll det för sig själv, som ännu en av alla de hemligheter hon bar på.

Något Annat reste sig upp. Det kom emot henne, men Anna nådde fram till henne först.

Hennes syster, hennes älskade syster, tog hennes hand. De var båda nio år gamla. De var fjorton år gamla. De var tjugosju år gamla. De var trettiofyra år gamla. De var hela sina liv och de var tillsammans. Igen. Äntligen.

Hennes syster ledde henne bort.

Hennes älskade syster.

Bort från grusvägen.

Bort från den gamla morakniven hon inte fått av sin far när hon var liten som låg kvar på marken.

Bort från allt Annat.

Bort.

Och allt var annorlunda.

Sagan

om ett slott

Slottet – Prolog:

Det var en gång ett slott...

Ett inte alltför ståtligt slott, ett tämligen alldagligt slott utan tinnar och torn, vallgrav och mur. Slottsträdgården var vacker och som byggnad betraktat var det förstås pampigt, men långt ifrån den sortens slott man läser om i sagorna. Till utseendet. Vad som försiggick innanför väggarna däremot, hade gett upphov till både en och annan legend. De vita springarna, prinsessorna och ädla riddarna hade dock ingen plats i dessa sägner.

Dess många namn, och i synnerhet vad det vanligen kallades i regionen, gav bara det upphov till flertalet berättelser med varierande grad av sanning och narrativ kvalitet. Den vanligaste benämningen på slottet var kort och gott Rattenblut. Det hävdades att slottet var döpt efter dess första kända ägare, Baron Ruchlos von Rattenblut. Förstås inget namn man föds med. Det påstås att han var en grym handelsman som förvärvade sina rikedomar under Hansan och med dessa köpte land och bosatte sig i Sverige. Det sägs att han lät upprätta slottet och i samband med det gav både sig själv och slottet det namn som skulle leva kvar i generationer. Rattenblut. Vem han var, var han kom ifrån och vad han egentligen bar för namn är sedan länge bortglömt, och redan innan allt som hade med honom att göra glömdes bort var det höjt i dunkel.

Det sägs att han satte skräck i befolkningen och var källan till den ondska som spreds över regionen under, och långt efter, sin livstid. Det berättas att när slottet uppfördes tvingade han befolkningen i de närliggande byarna att slita ut sig under slavliknande förhållanden för att färdigställa byggnaden. Detta var långt ifrån ett korrekt återgivande av slottet Rattenbluts tillkomst, även om man bortser från de faktafel och självmotsägelser som i olika grad kryddade dessa variationer av någon sorts grundläggande sanning, vilken även den kunde diskuteras.

Det sades också att baronens osaliga ande lagt en förbannelse över slottet Rattenblut. Detta var så klart en bastardisering av de faktiska händelserna. Det är idag oklart om det ens funnits någon Ruchlos von Rattenblut eller om mannen som var upphov till myten ens varit baron. Någon osalig ande hade han inte lämnat efter sig, allt som var osaligt hade funnits där långt innan baronen, eventuellt, satte sin fot i landet. Och slottet var inte drabbat av en förbannelse i egentlig mening.

De årtal som angavs för den gode, eller inte fullt så gode, baronens leverne varierade, allt ifrån sent 600-tal till tidigt 1500-tal. Det sistnämnda var förstås betydligt närmare sanningen om man ska tro på att hans rikedomar kom från Hanseförbundet. Men någon Ruchlos von Rattenblut fanns alltså inte dokumenterad någonsin under loppet av vår historia. Det hade gjorts efterforskningar, försök att spåra denne mytomspunne figur till någon existerande historisk person, utan några konkreta resultat. Ingen av de möjliga kandidaterna kunde placeras i anknytning till det slott som tagit namn efter legenden, eller associeras till handelsförbundet.

Det hade förmodligen inte ens funnits en baron i traditionell mening bosatt i slottet Rattenblut vid någon av de tidpunkter som ofta associerades med de olika historier och legender som omgärdade dess hemligheter. Och om så ändå skulle vara fallet, hade denne någon varit långt ifrån dess första gäst.

Den mest sannolika teori historikerna kunde enas om, var att den fiktiva baronen importerats från Östeuropa, en sägen som uppstått med inspiration från den ökände Vlad III från Valakiet och givits lokal prägel och bakgrundshistoria - dock först efter det att den gode, eller inte fullt så gode, fursten själv gett upphov till sina sägner och legender. Detta i kombination med ett hopkok av diverse inhemska förmågor, med betoning på hemska, ska så enligt rådande moderna teorier ha varit ursprunget till legenderna. Här började man närma sig sanningen, men många pusselbitar saknades i de historiska sammanställningarna. Många delar av vad som utgjorde den samlade bilden av baronen hade antingen fallit i glömska, eller så fanns inga överlevande kvar att föra berättelserna vidare efter de incidenter som varit värda att återge. Någon vampyr var han förstås inte, men till skillnad från sin förlaga var det heller aldrig någon som påstått detta.

Vad som dolde sig innanför slottets väggar, som ibland letade sig utanför och bortom slottet och som förr eller senare alltid vände åter, var något helt annat än en förbannelse eller rester av ondska som lämnats kvar efter en vanlig dödlig. Men det var bra historier, sägnerna om Baron Ruchlos von Rattenblut. I vissa av dem fanns tillstymmelse till sanningar, många skulle förvånas över vilka, medan andra var rena lägereldshistorier.

Namnet Rattenblut var, hur som helst, den vanligast förekommande benämningen på byggnaden när det skulle tisslas och tasslas bland de som visste något lite mer om dess hemligheter, och bland de som inte visste särskilt mycket alls men gärna tisslade och tasslade i alla fall. De äldre i regionen runt slottet hade, trodde man, en helt annan insikt i sitt skvaller om slottet än vad de yngre hade. Många gånger hade man vänt sig till dem för att få klarhet i en eller annan detalj man inte hade grepp om. Deras ålder och förmodade vishet satte dem dock inte närmare sanningen om slottet än någon som var född igår.

Det förekom även varierande versioner av berättelser om bybor som fått nog, med tillhörande facklor och högafflar. Ingenting ens i närheten av detta hade inträffat i verkligheten. Men illusionen av att något liknande möjligen, eventuellt, skulle ha kunnat hänt var något av en trygghet, som gjorde

97

att vad det än var som förekom inne i Rattenblut kändes lite mindre oövervinnligt. Det aningen långsökta och smått fåniga namnet som tilldelats slottet i denna anda av historieförvanskning kunde gissas vara ytterligare en aspekt av denna strävan. Även om namngivningen hade sin grund i en sägen med, för ovanlighetens skull, en viss grad av sanning i sig.

Somliga av de historier som berättades om slottet hade inte ens sitt ursprung i trakten, utan hämtade istället sin inspiration från mer universella sägner och legender. Liksom till stor del baronen själv.

Ägarna till slottet, genom tiderna, visade sällan några indikationer på att något inte riktigt var som det skulle med deras nya ägor. Till en början. Inte mäklarna heller, i de fall det förekommit mellanhänder. Byborna valde oftast att inte beblanda sig med nya ägare, man ansåg att det var bäst så.

Ingen i någon av de närliggande byarna visste egentligen när slottet uppförts, av vem eller i vilket syfte. Det man kommit fram till, om man inte trodde på legenderna om baronen, var att slottet "alltid funnits." Man visste inget om dess ursprung eller dess tillkomst, men man visste att respektera det. Man visste att inte gräva allt för djupt i dess förflutna. Och med all rätt. Den närmsta byn som fanns dokumenterad omnämndes som "Björkviken". Trots att det inte fanns någon vik, eller ens något vatten att tala om i området, undantaget en liten insjö i närheten av slottet. Ej heller växte några björkar där, en barrskog låg i anslutning till slottet. En barrskog som växt sig större och nu täckte området där man gissade att "Björkviken" en gång funnits. Ingen kunde föreställa sig vilka hemligheter som låg dolda under de höga granarna och tallarna.

Något som fallit i glömska bland alla de sägner med varierande sanningsgrad som härstammar från regionen, var när filosofen och vetenskapsmannen Emanuel Swedenborg besökte slottet. Om honom sägs att han började intressera sig för "andliga frågor" och därefter blev knäpp på riktigt följande årtionde vid sina utlandsresor. Vad som utelämnas i historieböckerna är hans kortvariga besök i Björkviken och hans vistelse på det sägenomspunna slottet vid den här tidpunkten.

Om slottet Rattenblut, uppfört vid okänd tidpunkt av okänd ägare, finns inget att berätta om uråldriga begravningsplatser, ogudaktiga ritualer, barnoffer eller onämnbara massmord som kan ha präglat dess väsen. Ej heller finns några vetenskapliga anomalier uppmätta i området som kan ge en förklaring till de fenomen som iakttagits av dess inneboende genom tiderna.

Det finns däremot, som nämnts, flertalet historier att förtälja om incidenter av varierande natur, onaturliga såväl som övernaturliga. Vissa av dem har inträffat långt innan ens det första spadtaget togs inför slottets uppförande. De är sällan särskilt spektakulära eller anmärkningsvärda.

Slottet – Ett:
Bädd och frukost

För några århundraden sedan ägdes slottet av ett äldre par vid namn Johan och Margareta Graaf. De hade bott i slottet längre än någon i regionen kunde minnas och man visste inte så mycket om dem. Som var brukligt. Man hade heller inte så mycket med dem att göra och det kunde väl vara lika så bra. Även detta var förstås normen. De störde ingen och orsakade inga problem i någon av de närliggande byarna, till skillnad från vad som berättades i åtskilliga sägner och legender om vissa tidigare, såväl som efterföljande, ägare. Det enda man visste om dem och deras förehavanden i slottet var att de hyrde ut rum till genomresande, och det fick väl vara så hänt. Kanske skulle man ha ingripit, gjort något, försökt varna ovetande resenärer om de rykten och skräckhistorier som florerade om slottet under denna vidskepelsens tidsepok. Men det gjorde man inte. Man ville helt enkelt inte beblanda sig. Så länge man slapp bli indragen såg man ingen anledning att lägga sig i. Och kanske var det bäst så.

Konrad Johansson var en kringresande charlatan. Rakt ut, en bedragare. Han reste riket runt med häst och vagn och sålde tomma löften för dyra penningar. Magnetisör, helbrägdagörare, alkemist och mirakelman. Han sålde elixir, talismaner, amuletter, trolldrycker och helande brygder. Hans trolovade, Beata Eriksson, var hans bundsförvant och medbrottsling. Affärsplanen gick i korta drag ut på att Beata anlände till ett utvalt samhälle som "nyinflyttad" allt ifrån en till åtta veckor innan Konrad rullade in på torget med sin vagn. Denna tid ägnades åt att bekanta sig med bygden såväl som dess innevånare, infiltrera befolkningen och bli en av dem. När Konrad sedan slog upp läger på stora torget var hon förstås alltid den som var mest skeptisk och ifrågasättande till hans löften om evig hälsa och god vigör. Hon var förstås även den som därför blev utvald för en demonstration av varorna.

Två till tre dagar senare, vanligen en period med mindre imponerande försäljningssiffror, gjorde hon åter entré bland åhörarna. Denna gång fast övertygad om produkternas förträfflighet. Hon kunde svära vid såväl Gud som kung och fosterland att varorna hade inte bara de egenskaper som utlovats, utan därtill ytterligare några.

Affärerna brukade därefter gå desto bättre. Resterande tid Konrad befann sig på platsen såg hon till att diskussionerna om den kringresande helaren hölls levande och att han framställdes i positivt ljus. Då Konrad efter en veckas visit packade ihop sina vid det här laget till mesta del tomma lådor, höll sig Beata kvar ytterligare ett antal dagar för att via vidare diskussioner, skvaller och suggestioner plantera någon form av placeboeffekt hos sina nya grannar, eller uppvigla till masspsykos om man så vill, innan även hon packade sina väskor och reste vidare för att möta upp med sin fästman och planera nästa kupp - om ryktet spred sig utanför byn ville de förstås att recensionerna skulle vara till deras fördel. De ville dessutom undvika att det skulle uppstå minsta antydan till misstanke att Beata varit delaktig i någon form av skådespel, vilket även var orsaken till hennes många förklädnader och peruker.

De hade nu siktet inställt på en by som vid denna tidpunkt hade namnet Björkviken. Medan Konrad hade besökt deras gemensamma hem och fyllt på lagren, hade Beata redan varit på plats en vecka då de sammanstrålade på en hemlig mötesplats några kilometer därifrån. Hon berättade att det hade gått bra ditintills men att hon nog kunde göra god nytta av ytterligare några dagar. Hon passade även på att tipsa honom om ett stort hus, nån sorts herrgård, eller ett slott av något slag, där ett äldre par hyrde ut rum. Hon visste inte mycket om det, men hon hade hört pratas om det under sin korta tid i Björkviken och det låg inte mer än en mil därifrån. Tydligen så brukade de inte ha alltför många besökare som det lät, så hans anonymitet skulle troligen vara säkrad. De skildes åt med ett "lycka till," "jag älskar dig," och förhoppningar om ännu en vända med stora rikedomar.

Konrad gömde sin vagn inne i den skog som låg i anknytning till slottet och red sedan genom slottsparken upp till entrén. Redan innan han hunnit knacka öppnades dörren och han möttes av en äldre dam som presenterade sig som Margareta, Margareta Graaf. Hon var kort och lite rund med håret uppsatt i en knut. Hon hade den sortens utseende som fick henne att verka yngre än hon egentligen var, trots att det ändå gick att ana hennes egentliga ålder, och såg ut som arketypen av en snäll gammal tant.

Han förklarade att han skulle behöva logi några dagar och fick veta att han just för stunden var deras enda gäst. Hon bad tjänarna att ta hand om Konrads bagage och föra hästen till stallet och följde sedan själv med honom en trappa upp för att visa honom rummet. Det var ett gemytligt rum, hemtrevligt. Rent och prydligt. Inbjudande, helt enkelt. Hon berättade att middagen skulle serveras inom kort, om han inte redan hade ätit?

Vid middagsbordet fick han även träffa herren i huset, hennes make Johan Graaf. Han var lite längre än sin hustru och betydligt smalare. Tanig, rentav. Han såg inte nödvändigtvis gammal ut, däremot gav han ett intryck av att vara väldigt sliten. Det fanns en trötthet under hans till synes påtagliga vitalitet som inte riktigt gick att dölja. Han var fåordig, till skillnad från sin hustru, men på intet sätt otrevlig. Efter middagen gick Konrad till sitt rum för att läsa, han hade ett flertal nya produkter att presentera och han välkomnade den extra tid han fick på sig att repetera de tillhörande monologerna.

Han väcktes tidigt på morgonen av ett konstigt ljud som han varken kunde placera eller identifiera. Han försökte somna om men stördes av att ljudet upprepades gång på gång. Han bestämde sig till sist för att kliva upp och undersöka vad det var som lät. Då han lämnade rummet kände han en svag doft i korridoren, något som luktade..bränt? Han kunde inte avgöra vad det var, men följde doften som växte sig allt starkare. Han kom till sist in i en stor sal varifrån doften verkade komma. Rummet var fullt med gamla rustningar längs väggarna, med två ingångar och fönster som vette mot slottsparken. Han försökte lokalisera doften som lockat honom dit men kunde inte hitta någon uppenbar ursprungsplats, då han insåg att de underliga ljuden sedan länge upphört.

Han hoppade till då han hörde en röst bakom sig, "har ni gått vilse, Herr Johansson?" Han vände sig om och såg Margareta stå i dörröppningen och betrakta honom med en avvaktande uppsyn. "Nej, jag.." Hon avbröt honom utan något som helst intresse av att ta del av vad han hade att säga, "vi serverar frukost i salongen på nedre våningen inom kort, om ni är intresserad?" Han var på väg att säga något då hon fortsatte, "ni är såklart välkommen att utforska vår lilla plats i världen och jag ger er gärna en rundtur om ni så önskar." Hon var på väg att gå därifrån men vände sig om innan hon lämnade honom, "jag skulle rekommendera att ni färdas varsamt om ni väljer att gå ensam."

Han valde att inte nämna doften eller de underliga ljuden under frukosten. Resten av dagen var på det stora hela händelselös med undantaget att Johan erbjöd honom att följa med och fiska. Han tackade ja men ångrade sig så snart de satt sig i den lilla ekan och den tryckta stämningen hastigt tog över den rogivande atmosfär som normalt följde med ett metspö i handen. Johan sa ingenting under hela fisketuren, men satt understundom och stirrade utforskande på Konrad, som om han försökte läsa honom, som om han faktiskt kunde läsa honom. De fick ingen fisk med sig tillbaka den dagen. Johan fick flera napp som Konrad inte visste vad det var, men fisk var det inte. Johan slängde tillbaka alla i vattnet och gav inget tydligt svar då Konrad gav uttryck för sin nyfikenhet. "Ohyra," hade Johan grymtat och ryckt på axlarna. Konrad fick en stark känsla att inte fråga vidare. Om Johan inte ville prata var det kanske bäst att låta det bero.

Efter att de ätit middag den andra kvällen gick Konrad än en gång upp till sitt rum för att repetera sina repliker. Efter att ha övat en stund gick han och lade sig tidigt, trött efter det abrupta uppvaknandet tidigare på morgonen. Än en gång väcktes han av underliga ljud, den här gången mitt i natten. Han tog på sig sina kläder och lämnade rummet. Då han kom ner för trappan såg han att det lyste från matsalen. Han gick in och möttes av en man i tidig medelålder som satt och åt något. Mannen presenterade sig som Didrik och berättade att han anlänt sent under kvällen och planerade att vistas på slottet några nätter. Då han missat middagen hade frun i huset erbjudit honom en enklare måltid innan hon åter gått till sängs, och här satt han nu.

De samtalade en stund och Konrad förhörde sig om även den nytillkomna gästen hört några konstiga ljud? Didrik betraktade honom fundersamt en stund, "nej...nej, det kan jag inte säga att jag har..." Konrad fick intrycket att det inte var helt sant, och fann det högst underligt att någon skulle ljuga om en sådan sak. De fortsatte att prata om annat en stund innan Didrik ursäktade sig med att han behövde sin sömn. De skildes åt för stunden och Konrad såg fram emot att samtala mer med honom nästföljande dag.

Vid frukosten morgonen därpå fanns dock ingen Didrik närvarande. Konrad frågade Margareta om den nyanlände gästen förväntades komma till bords senare, men möttes av oförstående. Vilken nyanländ gäst skulle det ha varit? Nej, någon Didrik kände de inte till. Johan gav henne en skeptisk blick och hon besvarade den med en axelryckning. Därefter talade de inte mer om saken.

Den tredje dagen tog Konrad en promenad runt ägorna och utforskade slottsparken och den närliggande naturen. Han hade varnats för att gå in i skogen, men gick ändå och kontrollerade så att hans vagn fanns kvar, vilket den gjorde. Då han gick och lade sig senare på kvällen hade han svårt att somna på grund av det oväder som dragit in över området. Än en gång kom det sig att han mitt i natten tog på sig sina kläder och lämnade rummet.

Han visste inte riktigt vad som drev honom, nyfikenhet? Rastlöshet? Oavsett vad, smög han nu alltså runt i slottet och utforskade rummen. Det var ändå ett ganska ståtligt residens, det måste han medge. Då han lade märke till att ett fönster var öppet i en av salarna, samma sal han lockades till redan efter den första natten, och att regnvattnet piskade in i rummet och ansamlades i en pöl på golvet, tänkte han att han kanske borde ta och stänga fönstret för att förhindra en mindre översvämning i rummet. Då han tog det första steget in i rummet kände han en rysning genom kroppen till följd av det väldigt högljudda, och oväntade, knarrandet från golvet. Något som inte hade inträffat första gången han besökte salen. Han smög sig försiktigt vidare för att inte orsaka alltför mycket oväsen och väcka värdparet.

Då han stängt fönstret fick han en chock då han tyckte sig se den gamla damen reflekteras i vattenpölen på golvet alldeles framför honom. Han ryggade snabbt tillbaka och såg henne stå innanför dörröppningen till rummet. "Det där fönstret har en tendens att blåsa upp ibland när ovädret tar fäste," konstaterade hon oberört. Konrad andades ut och kände sig fånig som låtit sig skrämmas av hennes reflektion. Men det var ändå något som var fel...där hon stod nu....vinkeln....det hade omöjligen kunnat vara hennes reflektion han sett i vattenpölen. Han tittade ner igen, det enda han såg var ljuspunkter från de fåtaliga stearinljusen längs väggarna, som han under sina nätter på slottet uppmärksammat att de aldrig verkade brinna ner. Han vände sig mot Margareta igen, "jag hoppas att jag inte väckte er med oväsendet?" Hon var inte längre kvar i rummet. Besynnerligt, tänkte han. När han lämnade rummet reagerade han igen på det högljudda knarrandet från golvet. Han insåg också att han inte hört ett ljud vare sig när hon hade kommit in i, eller lämnat rummet.

Morgonen därpå fångades hans uppmärksamhet av ett porträtt som hängde i trappan då han var på väg till matsalen för frukosten. Han hade inte lagt märke till det förrän nu, underligt nog. Det föreställde en mycket vacker ung dam med ett födelsemärke på halsen. Även porträttet var mycket vackert. Det var rentav uppseendeväckande, det verkade nästan levande. Då han kommenterade tavlan vid frukostbordet var det tydligt att han än en gång inlett en konversation som inte skulle leda någonstans. "Hon..." började Margareta, men kom snart av sig. Hon tittade uppgivet på Johan. "Det är inget vi talar om," klargjorde han. De hade båda något avlägset i rösten. Konrad hade kunnat svära på att han sett kvinnan tidigare. Han kände igen henne, men kunde inte placera känslan av ett minne på en verklig händelse.

Då frukosten var över stannade han till vid porträttet igen. Han kunde inte slita blicken ifrån det. Hon var så levande där hon hängde frusen i tiden. Hon var levande, hon log och hon var redo att tala, i bilden som hängde framför honom. Allt var så vackert. Han gick därifrån och försökte att inte tänka mer på den underliga känslan han fick. Känslan hon gav honom, den vackra unga damen som frusits i tiden med målarfärg på en duk. Det skulle dröja många år innan den underliga känslan fick sin förklaring, när han till sist skulle komma att träffa henne i verkligheten för första gången.

Den fjärde natten hade Konrad fortfarande problem att sova, men nu var det inget som gick att skylla på konstiga ljud eller besynnerliga dofter. Istället var det underliga drömmar, kallsvettningar, feber och osammanhängande tankebanor som höll honom vaken. Han drabbades plötsligt av en stark drift att ta sig därifrån. Han kände, nej, han visste, att han

107

måste komma bort från slottet. Han kunde inte vara kvar längre. Det var inte säkert.

Han klädde snabbt på sig och slängde hastigt ihop sina tillhörigheter. Han var säker på att han fick med sig det mesta, och det fick räcka. Han smög sig försiktigt ut från sitt rum och ner för trappan för att inte väcka någon, då han fick syn på Johan. Den gamle mannen stod nere i hallen, helt stilla. Som om han varit en staty, placerad alldeles vid entrén. Konrad gick försiktigt närmare, men inget hände. Johan visade ingen indikation på att han uppmärksammat Konrads närvaro.

Konrad talade tyst till honom. Ingen reaktion. Han rörde vid honom, petade honom först försiktigt på armen, sedan hårdare. Johan reagerade inte, blicken var låst rakt fram. Han stod med ryggen vänd mot dörren, helt orörlig. Konrad kände sig iakttagen trots att han nu rört sig långt utanför Johans blickfång. Han kände sig illa till mods och förstod att det inte bara varit en löjlig känsla som inte gick att vifta bort, han måste komma därifrån. Nu.

När han närmade sig dörren hörde han något bakom sig. Han vände sig om och såg att Johan nu vänt sig ett kvarts varv. Fortfarande orörlig med en frånvarande blick fixerad vid något långt, långt borta, i en annan värld. Konrad gick ytterligare några steg närmare dörren då han hörde ett ljud igen. Johan stod nu vänd mot dörren, mot honom. Blicken var fortfarande avlägsen och frånvarande. Som att han stirrade rakt igenom Konrad, rakt igenom dörren, rakt igenom den verklighet som målats upp för Konrads sinnen. En verklighet som Johan inte längre var helt och hållet en del av.

Konrad gick försiktigt, försiktigt de sista stegen mot dörren. Då han långsamt sträckte ut handen mot dörrhandtaget hörde han ett svagt ljud igen och kände den här gången kall luft blåsas försiktigt i nacken på honom. Han vände sig om och såg Johan stå tillräckligt nära för att kunna känna hans andedräkt. Tillräckligt nära för att andedräkten borde ha känts varm. Konrad förde bort handen från dörrhandtaget och rörde sig försiktigt åt sidan. Johan stod kvar i samma position. Nära dörren, orörlig, med fixerad blick. Det var inte meningen att han skulle lämna slottet nu. Han hade inte tillstånd till det.

Konrad smög sig försiktigt upp för trappan igen. Han lade märke till att något verkade annorlunda med porträttet på den unga kvinnan som han funnit så fascinerande tidigare. Nu var det något som verkade...otäckt, med henne. Även det var något han skulle få uppleva igen, många år senare när han slutligen kom att träffa henne.

Han skyndade sig tillbaka till sitt rum. Han stängde och låste dörren bakom sig och lade sig i sängen med kläderna på. Han skulle precis blåsa ut ljuset på sängbordet då han hörde en röst. "Har ni svårt att sova, Herr Johansson?" Där stod Margareta Graaf. Inne i hans rum. Framför den öppna dörren. Som han stängt. Och låst. Som han inte hört öppnas. "Nej, jag..ja, jo.." Hon visade än en gång inget intresse av att lyssna på hans utläggningar. "Jag rekommenderar, fortfarande, att ni färdas varsamt," hon vände sig om och gick ut ur rummet, "om ni väljer att färdas ensam." Hon stängde långsamt dörren efter sig. Han vågade inte kliva upp ur sängen och gå bort och låsa dörren. Han vågade inte blåsa ut ljuset. Han vågade inte somna. Han låg med täcket uppdraget till ansiktet och stirrade på den stängda dörren resten av natten.

När han vaknade var det redan eftermiddag. Han kunde inte minnas att han somnat. Han kunde inte minnas att han tagit av sig kläderna. Då han skulle lämna rummet, kunde han inte minnas att han hade låst dörren igen. Hade allt bara varit en mardröm? Han lämnade sitt rum och gick ner till matsalen, som stod tom. Såklart, det var för sent för frukost och långt kvar till middagen skulle serveras. Han tittade runt i de närmsta rummen, men såg ingen. Ingen Johan Graaf, ingen Margareta Graaf. Inga tjänare, ingen kökspersonal. Inte en levande varelse syntes till.

Han ropade, men fick inget svar. Han insåg att det inte var läge att stanna kvar och utforska saken vidare så han lämnade slottet. Hans häst stod inte längre i stallet och fanns inte att hitta någon annanstans i närheten av slottet, så han fick till fots ta sig bort till skogen där han ställt sin vagn. Hur han skulle få den med sig utan häst hade han förstås inte tänkt på, men det skulle visa sig vara en onödig frågeställning då vagnen inte heller fanns kvar där han senast sett den. Istället för att bege sig djupare in i skogen och fortsätta leta bestämde han sig för att helt enkelt acceptera sina förluster och fokusera på att ta sig därifrån. Han hade blivit varnad för skogen och han tänkte inte utmana ödet. Inte nu.

Han påbörjade promenaden mot Björkviken där den ursprungliga planen varit att han och hans fästmö skulle mötas i egenskap av jägare och lockbete. Just nu kändes det mer som att han var den jagade. Han tog sig, med raska steg, in till byn utan ytterligare incidenter. Han hittade snabbt det gästgiveri där hans fästmö uppehållit sig de senaste veckorna "i jakt på en mer permanent bostad," som hon brukade uttrycka det. Värden bad honom vänta vid entrén varpå han gick och hämtade Beata. Hon verkade förvånad över att se Konrad komma och möta henne så här och försökte uppvisa en avvaktande hållning gentemot honom.

Konrad däremot hade inte längre några som helst planer på att upprätthålla någon fasad eller hålla fast vid någon förutbestämd roll de förväntades spela då de interagerade. Han förklarade för henne i inte alltför sammanhängande ordalag att de inte kunde stanna kvar där längre, att de måste därifrån, bort från hela området. Ja varför inte lämna landet rentav, när de ändå var på väg. Vad trodde hon om Norge?

Hon hade svårt att följa med i resonemanget och ställde sig skeptisk till hans smått hysteriska redogörelse. "Det är det där slottet...det där slottet...det..jag...vi kan inte...vi måste komma härifrån." Värden gav Konrad en fundersam blick då han hörde slottet nämnas. Han såg avvaktande och skeptisk ut, men långt ifrån tvivlande. Han var på väg att säga något, men valde istället att inte blanda sig in i någon vidare diskussion i ämnet.

Beata gick tillbaka till sitt rum och samlade ihop sina tillhörigheter. Då de var på väg ut genom ytterdörren tog värden farväl av dem, "jag hoppas att er vistelse var..." han sökte efter rätt ord, "..uthärdlig." Konrad tittade på honom och undrade vad han egentligen menade. Vad han visste. "Ja absolut! Det har varit alldeles underbart, otroligt jättetrevligt," svarade Beata som trodde att kommentaren varit riktad till henne.

De införskaffade en ny vagn, och en ny häst, och lämnade Björkviken för att fortsätta sin resa. Den här gången var inte målet att ta sig till någon särskild destination, utan snarare att så snabbt som möjligt ta sig bort från den de lämnat bakom sig. De tog en omväg för att slippa färdas längs den väg som passerade slottet. Konrad kunde inte ge henne något svar på vad som hänt med hans häst, eller hans vagn, eller alla deras varor. Han kunde inte ge henne några svar alls, han visste inte själv vad han egentligen hade upplevt.

Mörkret började falla över dem men Konrad hade inte för avsikt att stanna upp och slå läger. Inte än på några nätter. Hon tittade på honom fundersamt i det dunkla skymningsljuset. "Det är något som är annorlunda med dig..." Han gav henne en frågande min. "Jag vet inte...något som har...förändrats?" Han undrade vad hon menade, men det skulle dröja många år innan han fick någon förklaring. Det skulle dröja många år innan han själv fick se vad det var hon såg den kvällen. Vad hon hade sett i honom.

Slottet – Två:

"Pappa, det står någon bakom dig"

Det var trots allt en vacker dag när familjen Edenberg flyttade in i slottet. Det var en kylig sensommardag, det regnade lätt och himlen var täckt av moln, men för Alexander och Greta var det ändå den bästa dagen på länge. De skulle börja om på nytt. Det här var första dagen av resten av deras liv. Det gamla skulle lämnas till det förflutna. Gångna misstag och glömda synder skulle inte längre hemsöka dem. Barnen däremot ansåg väl att den plötsliga flytten var mindre förträfflig. Anton och Elsa, sju respektive åtta år gamla, med hela livet framför sig.

Det enda positiva barnen såg med det plötsliga uppbrottet från allt de kände till, hela deras tillvaro, var att det förhoppningsvis skulle ta sin lilla tid att finna en ny, lämplig guvernant. Så deras bildning skulle hamna lite på efterkälken till förmån för sovmorgnar och lek.

Men redan under den första veckan tog det roliga en mindre lustig vändning. Då barnen lekte kurragömma kunde det ibland hända att det slutade med att de inte ens hittade sig själva, då de efter timmar kunde komma ut från andra ställen än där de ursprungligen krupit in och gömt sig. Föremål de höll kära, favoritleksakerna, finaste klänningen, de bästa skorna för att klättra i träd, kunde plötsligt försvinna för att sedan dyka upp igen på samma plats en tid senare, eller hittas någon helt annanstans. Deras föräldrar avfärdade detta som nonsens och lät dem vänligt men bestämt instrueras att inte störa mamma och pappa.

Efter en period av "aktivitet" upphörde dessa hyss, men barnen fick dessvärre inte vara ifred och leka särskilt länge då pappa Alexander nu lyckats hitta en kvalificerad guvernant som var beredd att åta sig att utbilda barnen. Det hade visat sig vara svårare än de först trodde då ingen som bodde inom hörsägens avstånd från slottet hade något större intresse av att vistas där någon längre, eller kortare, tid.

Då besynnerligheterna kort därefter återupptogs igen och det nu var den stackars guvernanten som drabbades, föll misstankarna såklart på barnen. Ett allvarligt samtal med mamma och pappa hjälpte föga, då ofoget fortsatte. Det hela fick dock ett abrupt avslut då guvernanten en dag tog de båda barnen på bar gärning med att stöka till i hennes rum. När de lyckades undfly hennes försök att hålla dem kvar och tala dem till rätta såg hon ingen annan utväg än att omedelbart marschera in till barnens föräldrar och lägga fram ett ultimatum - antingen skulle detta upphöra omedelbart, eller så skulle de få se sig om efter en ny guvernant. Då hon fann hela familjen i en av matsalarna och redogjorde för händelseförloppet, kunde både mor och far Edenberg intyga att barnen suttit till bords alldeles för lång stund för att guvernantens redogörelse skulle kunna vara rimlig. Det föll sig därför som så att de fick påbörja sökandet efter en ny guvernant.

En dag då barnen lekte i biblioteket hittade Elsa en handskriven dagbok författad hundra år tidigare av en man som hette Anton. Barnen fann det lustigt att en tidigare ägare av slottet haft samma namn som en av dem och började leta för att se om även Elsa hade någon namne representerad, men hittade förstås inga tecken på att så skulle vara fallet. De bestämde sig för att läsa några sidor av Antons journal, men fann sig snart för uppskrämda av innehållet för att fortsätta. Under vanliga omständigheter hade de kunnat avfärda det som en lagom skrämmande spökhistoria, sin unga ålder till trots. Men då de själva sett en glimt av vad slottet hade att bjuda i form av speciella överraskningar, kändes det alldeles för olustigt att ta del av de detaljerade redogörelserna av vad mer som fanns att vänta. De visade boken för sin far och försökte än en gång få honom att förstå att slottet inte var någon trygg plats att bo. Men att från sina barn få höra att det

114

spökade i deras bostad var av förklarliga skäl inget som Alexander Edenberg hade för avsikt att tilldela någon större uppmärksamhet. Den tidigare incidenten med guvernanten hade förstås avfärdats med att kvinnan var sinnessvag och helt enkelt låtit sig påverkas av barnens historier.

Då sommaren till sist gick över till höst och löven började falla till marken, var barnen en dag ute i den stora slottsparken och lekte. De bestämde sig för att leka kurragömma bland buskarna och träden, en lek de inte längre ägnade sig åt inomhus då det inte var särskilt roligt när spöket, som de valde att kalla fenomenet, hela tiden flyttade på dem. Anton lutade sig mot ett träd och lade händerna för ansiktet och började räkna medan Elsa sprang iväg och gömde sig. Det var sista gången hon såg sin bror.

Deras far blev rasande när hon sprang in för att berätta att de lekt kurragömma och att Anton försvunnit. Han krävde att hon genast skulle gå ut och hämta sin bror och att nu fick det vara nog med de här fasonerna. När dagen blev till kväll och inga ropade hot, mutor eller hårda ord förmådde Anton att komma fram, eller Elsa att avslöja var han gömt sig, började Alexander förstå att det kanske inte var någon lek.

Övertalningsförsöken övergick då istället till att få en rimlig redogörelse från Elsa över vad, exakt, som hade inträffat då Anton försvunnit. Detta gav inte heller den utdelning Herr Edenberg förväntat sig då han långt ifrån fick de svar han ville ha, eller förstod att ta till sig. Elsa hade inget annat att komma med än fler spökhistorier och underliga händelser som verkade helt irrelevanta för den rådande situationen.

Så man gav sig ut och letade. Man sökte igenom parken, där Elsa sagt att de lekt kurragömma sist de var tillsammans. Man sökte igenom slottet, och hittade några rum man inte tidigare känt till att de fanns där, men ingen Anton. Dagen därpå hämtade Alexander hjälp och man sökte nu även igenom skogen.

115

Veckorna gick, de sista löven föll till marken och kort därefter kom den första snön. Man hade börjat förstå, men inte accepterat, att Anton nu var borta. Alexander och Greta hade haft diskussioner där de båda uttryckt en oro att det var något av deras gamla misstag eller de förmodat glömda synderna som hunnit ikapp dem. Man hade försiktigt börjat dra i trådar till det förflutna utan att orsaka alltför stora ringar på vattnet, men inget ledde till någon ny information om var deras son tagit vägen.

Då började slottet trilskas med dem igen. Den här gången kunde inte ens pappa Alexander undgå att uppmärksamma att något inte stod riktigt rätt till. Han kunde fortfarande inte tro att platsen var hemsökt och det verkade fullständigt orimligt att hans sons försvinnande skulle ha någon övernaturlig förklaring. Men han bestämde sig ändå för att ta det han bevittnat på allvar och bemöta händelserna med ett öppet sinne. Då han läste några sidor i den journal som Elsa och Anton en gång visat honom, kände han kalla kårar längs ryggraden. Även Alexander började förstå, när han läste detta, att det kanske fanns något mer i slottet än vad man kunde förnimma med sina mänskliga sinnen. Han insåg att alldeles för mycket av vad som stod att läsa i den gamla dagboken verkade alldeles för bekant, när han tänkte efter och slutligen lät sin fasad av rationalitet falla.

Han bestämde sig för att han måste prata med sin dotter om vad hon och hennes bror upplevt redan när de flyttat in. Han måste lyssna på henne, och han måste ta henne på allvar. Han gick in till hennes sovrum där hon precis gått och lagt sig, med ett löfte om att de imorgon skulle prata med varandra om vad som försiggick på slottet. Han lovade henne att han skulle lyssna på henne utan att tvivla eller ifrågasätta. Han satte sig på sängkanten och gav henne en kram, "godnatt, hjärtat."

Då han reste sig upp stod han kvar en stund och betraktade henne. Hon hade inte sagt något sedan han kom in i rummet. Och hennes ansiktsuttryck vittnade om en uppgivenhet och förtvivlan som rimmade illa med hennes unga ålder. "Vad är det, älskling?"

"Pappa," svarade hon efter en stunds eftertanke, "det står någon bakom dig."

Slottet – Tre:

Det kom in med regnet

Anton Wallenstedt hade bott i slottet så länge han kunde komma ihåg. Vilket kanske inte sade så mycket då Anton inte kunde minnas särskilt långt tillbaka, men som det verkade hade han alltså bott i slottet betydligt fler år än han hade något minne av. Åtminstone om man skulle förlita sig på den dagbok som han, tydligen, hade skrivit i. Han hade regelbundet gjort anteckningar i journalen i över ett decennium, från det att han var cirka fjorton år gammal, och sedan upphörde inläggen lika plötsligt som de började för fem år sedan.

De senaste två åren var väl ungefär vad han kunde minnas av sitt liv utan stödanteckningar. Enligt dagboken hade det varit så med hans minne under hela hans uppväxt. Åtminstone den del av hans liv från det att han adopterats av paret som bodde i slottet då de fann honom. De hade gått bort kort innan han upphörde att föra journal och testamenterat ägorna till honom. Det som fanns att läsa i journalen, efter vad han fått berättat för sig av sina adoptivföräldrar, var att de hade hittat honom naken i en snödriva när han gissningsvis var någonstans mellan sju och nio år gammal.

Det enda han hade berättat för dem var att han skulle leka kurragömma med sin syster och att han hette Anton. Mer än så mindes han inte. Detta var något som återkom, de långa minnesluckorna. Det var därför han hade bestämt sig för att börja föra journal. Anledningen till att han hade slutat framgick däremot inte i anteckningarna. Ej heller fanns någon mer utförlig information om de ständiga minnesluckorna, de nämndes ibland men det stod aldrig något om när exakt de inträffade, hur ofta eller hur länge de varade. Det enda han visste var att hans långtidsminne sträckte sig ungefär två år tillbaka, och så hade det tydligen alltid varit. Såvitt han var medveten om.

Utöver de regelbundna och slentrianmässiga anteckningarna från hans vardag förekom även de mest besynnerliga berättelser om ibland otroliga, ibland ohyggliga, händelser som han tydligen bevittnat och ibland även upplevt på slottet. Paret Wallenstedt hade berättat för honom att man redan tidigt måste sätta ner foten, säga stopp och vägra låta sig hunsas av vad det än må vara som dolde sig mellan väggarna. Och på så sätt hade de satt sig i respekt, trodde de. Mot slutet av hans dagbok blev de spektakulära händelserna allt värre och alltmer otroliga, anteckningarna mer osammanhängande och svårläsliga. Sedan upphörde de.

Under de två år han kunde minnas klart hade inget utöver det ordinära inträffat, vare sig inne i slottet eller i hans tillvaro i övrigt. Det enda han hade lagt märke till, som var värt att notera, var att byggnaden visade tecken på begynnande förfall. Sprickor i väggarna, läckor i taket, allehanda små detaljer här och var som skulle behöva åtgärdas ganska omgående. Mer spektakulära iakttagelser än så hade han inte gjort, vad han kunde minnas, vilket fick honom att fundera över sanningshalten i de mer otroliga anteckningarna han gjort i dagboken.

Han hade pratat med hantverkare i den närliggande byn, de flesta hävdade att de var för upptagna för att kunna åta sig fler uppdrag trots att de alltid verkade sitta och rulla tummarna närhelst han hade vägarna in i byn. Någon hade tagit på sig att utföra något enstaka arbete och det var så det hade fått hanka sig fram, det ständigt pågående renoveringsarbetet. En åtgärd i taget, en hantverkare åt gången. En del av de enklare problemen kunde han även lösa på egen hand.

Det ärende som för närvarande låg högst på listan över saker att ta tag i var en läcka i taket, eller om det kanske var i väggen med panoramafönstren, i en av salarna. Varje natt när det regnade rann där in en mindre mängd vatten, som lade sig som en tunn hinna över golvet i salen. Han hade aldrig lyckats hitta exakt var vattnet kom in och det blev heller aldrig blött på golvet om det regnade under dagtid. Han hade haft en hantverkare där för att titta på problemet och försöka hitta läckan, men det hade heller aldrig kommit in något vatten när någon annan var på slottet oavsett tidpunkt. Endast när han var ensam. Endast nattetid. Vanligen när det regnade, men inte alltid. Och någon möjlig orsak eller något tänkbart ursprung till läckan gick inte att hitta. Han fick helt enkelt låta det vara tills dess att han kunde lista ut exakt vad det var som behövde göras och var.

En natt när salen än en gång hade fyllts av en tunn hinna vatten, denna gång utan att det regnade, gjorde han en obehaglig upptäckt i rummet. I den tunna vattenhinnan lade han märke till reflektioner. Inte bara från ljusen som hängde längs väggarna, eller från de dunkelt upplysta föremålen i rummet. Vad han såg var ansikten. Reflektioner var inte rätt ord, det såg snarare ut som om han tittade ner i en sjö eller en flod och såg grumliga bilder av människor på botten. Men det här var ingen sjö och här fanns ingen botten. Det var en millimetertunn hinna vatten ovanpå ett golv, i en sal, på andra våningen i hans slott.

Han sprang därifrån så snabbt han kunde, ner för trappan, ut från slottet. Utomhus hade ett kraftigt oväder precis dragit in över området under tiden det tog för honom att ta sig ut. Mörka moln täckte himlen och starka vindar fick regnet att piska honom från sidan. Han stod och tittade på byggnaden och försökte samla tankarna. Han bestämde sig för att gå runt till den andra sidan, till väggen där salen med vattenhinnan låg på den övre våningen. Han tittade upp mot fönstren utan att se något utöver det vanliga. Vaga konturer av vad som fanns inne i rummet, upplyst av de svaga ljusen.

Då dundrade åskan till bara hundratalet meter därifrån och blixten lyste för ett kort ögonblick upp de stora fönstren. Han såg dem än en gång, suddiga reflektioner av ansikten som såg ut att höra till de döda. Huden var blek, munnen stängd och ögonen slutna. Nu tyckte han att han även kunde skönja konturerna av deras kroppar, eller det av deras överkroppar som syntes i fönstren. Livlösa, avslappnade. Han visste inte hur mycket av vad han trodde sig ha bevittnat som han faktiskt sett och hur mycket hans hjärna fyllt i. Med stormen kommer ondskan, tänkte han utan att ta sig själv på fullt allvar. Han hade ännu inte övervägt att den alltid funnits där.

Han sov under ett träd den natten. Morgonen därpå tog han sig till byn för att söka hjälp, eller bara hitta någon som var villig att hålla honom sällskap när han gick tillbaka in i slottet. Det visade sig vara en naiv förhoppning. Det enda han lyckades åstadkomma med sin upprepade redogörelse för vem än som var beredd att lyssna på honom, var att det nu skulle bli helt omöjligt att få tag på en hantverkare. Han var till slut tvungen att ge upp och ta modet till sig att ensam återvända till slottet. Det slog honom under den långa, långa promenaden tillbaka, att ingen av åhörarna hade uttryckt något tvivel till hans historia. Ingen hade ifrågasatt hans mentala hälsa, ingen hade avfärdat honom som en lögnare. Det hade känts bättre om någon hade hävdat att han var helt galen i huvudet, insåg han. Mycket bättre.

När han kom tillbaka till slottet beväpnade han sig med en lie från redskapsboden och påbörjade den tunga vandringen in genom entrén och upp för trappan. När han kom upp till övervåningen såg han från avstånd att golvet verkade ha torkat. Väl inne i salen kunde han konstatera att så definitivt var fallet. Inget vatten, inga ansikten. Han andades ut och avfärdade nattens händelser som fantasier. Dröm, inbillning...kanske hängde det ihop med hans ständiga minnesluckor. Kanske var det något fel i huvudet på honom. Detta vore ju inte nödvändigtvis något positivt, men just för stunden valde han att se det som en lättnad, att kanske var han inbillningssjuk. Det vore så mycket trevligare så.

Men sån tur skulle han inte ha. Redan nästa natt upprepades fenomenet. De nästföljande dygnen blev det till en vana att sova ute i parken. Han hade nu valt ut ett favoritträd och där inrett ett provisoriskt läger för att göra det så bekvämt för sig som möjligt under nätterna. Han väntade inte ens längre på att vattnet skulle börja rinna in, utan gick direkt ut till parken så snart det började bli mörkt.

Veckorna gick och han började så småningom våga sig på att sova inne i slottet, även om han undvek salen med de spöklika reflektionerna. Med tiden lyckades han vänja sig även vid vattenhinnan och de livlösa ansiktena, och drog sig inte längre för att gå in i rummet nattetid om det skulle behövas, även om han visste vad som väntade. Trots att han på något sätt lyckats vänja sig vid förekomsten av dessa gastlika illusioner tillräckligt för att kunna vistas i rummet utan att drabbas av panik och omedelbart fly därifrån, kände han ändå alltid ett visst obehag och såg till att skynda på lite extra de få gånger han ändå var tvungen att besöka salen efter mörkrets inbrott. Av förklarliga skäl. Det var vid ett av dessa tillfällen han såg något som han inte ens i sina vildaste fantasier hade kunnat föreställa sig skulle ske, ett av ansiktena spärrade plötsligt upp ögonen och stirrade på honom. Nej, inte på honom. Genom honom. In i honom. Rakt in i hans själ, hans innersta väsen.

De andra reflektionerna öppnade ögonen även de. Kort därefter började deras klagosång, de särade på sina stela läppar och utstötte ett plågat läte, som ett rop på hjälp eller en maning till botgöring. Det tog honom några sekunder innan han lyckades reda ut kaoset i sitt sinne nog för att kunna göra upp en handlingsplan. Ett, han måste ut därifrån. Två, detta skulle med fördel ske så omedelbart som möjligt.

Han vände sig om och började springa mot dörren som ledde ut ur rummet, då en hand sträckte sig upp från den tunna vattenhinnan och tog tag i hans fotled. Det var inget hårt grepp, men det var nog för att han skulle snubbla och falla till golvet med ansiktet före.

Det var där han drunknade. I den millimetertunna hinna av vatten som bildats på golvet i salen med panoramafönstren, på andra våningen av hans slott, en natt då det inte regnade.

Ingen skulle hitta hans kropp men det skulle hända, genom århundradena, att hans ansikte skulle komma att reflekteras i en tunn hinna vatten som ibland bildades då regnet läckte in på golvet, i salen med panoramafönstren, på andra våningen av hans slott.

Hundra år efter att Anton Wallenstedt försvann, för andra gången i sitt liv, skulle det flytta in en familj. Då skulle hans tid på slottet sedan länge vara bortglömd. Med undantag för den journal han fört skulle hans blotta existens tyna bort för eftervärlden.

Hundra år efter att han försvunnit och glömts bort, skulle det flytta in en familj i slottet. En familj med två barn, Elsa och Anton Edenberg. Kort efter deras inflyttande skulle Anton försvinna spårlöst, för första gången i sitt liv. Hans familj skulle aldrig få se honom igen.

Slottet – Fyra:

De nyinflyttade

De hade blek hy och stora ögon. De var alla långa och ståtliga i tidig medelålder. Välfriserade, välklädda och oklanderliga till sätt och utseende. Med undantag för en person i sällskapet, en äldre herre, kort, kraftig och satt. Tunnhårig, med flåsig andedräkt. Solbränd och svettig med stirrig blick. Han haltade som oftast där han hasade sig fram i deras sällskap.

De hade inte varit bosatta i slottet många veckor förrän diskussionerna började i den närmsta byn Björkviken där de uträttade sina ärenden och inhandlade sina förnödenheter. Det var något som inte verkade riktigt rätt med dem. De var fullständigt harmlösa men utstrålade ändå ett obehag på ett sätt som inte riktigt gick att sätta fingret på.

De log alltid när någon mötte deras blickar. Men de verkade inte direkt lyckliga, eller ens uppriktigt glada. Mer förnöjda. Smått roade av att befinna sig bland "vanligt folk", som om de alltid betraktade sina medmänniskor utifrån även om de befann sig mitt ibland dem. De kom med tiden att skrämma upp byborna lika mycket som själva slottet alltid gjort.

De befattade sig aldrig med pengar, de betalade alltid för sig med dyrbara ädelstenar i olika storlekar som handlarna i byn först vägrade ta emot. Men sedan en godtrogen handlare, trots viss skepsis, accepterat deras betalning och fått den värderad, och därefter sålt den för betydligt mer än den ersättning han begärt av de nyinflyttade, var de mer än hjärtligt välkomna att göra affärer i byn.

Somliga ansåg dock att man hade gjort bäst i att neka dem tillträde till byn helt och hållet, att det var ogenomtänkt att befatta sig med deras betalningsmedel. Att det var något oheligt med såväl männen som med deras välslipade juveler.

Det låg kanske något i det, men några påtagliga bevis fanns inte, allt baserades på obehagskänslor och hjärnspöken. Och så länge de försåg handlarna med rikedomar och vägrade ta emot någon växel, fick profiten till sist vara den avgörande faktorn.

De visade sig aldrig mitt på dagen. Alltid när de hade ärenden att utföra sågs de i byn under tidig gryning eller sen skymning. Med undantag för en person i sällskapet. En äldre herre, kort, kraftig och satt. Tunnhårig, med flåsig andedräkt. Solbränd och svettig med stirrig blick. Detta gav såklart upphov till ytterligare spekulationer och skvaller.

De tog alltid genvägen genom skogen när de vandrade mellan slottet och byn, något de var ensamma om att våga sig på. Med undantag för våghalsiga unga män som skulle göra sig märkvärdiga inför damerna, vilka som längst vågade sig bortanför de första raderna av träd, var det ingen som var dumdristig nog att ge sig in i djupet av den egentligen ganska oansenliga skog med bara några kilometers längd som skilde byn från slottet.

Skogen ansågs nämligen vara hemsökt och det hade hänt vid mer än ett tillfälle att människor som gett sig in för långt mellan träden aldrig kommit ut igen. Några farliga djur eller andra naturliga förklaringar till människors försvinnande fanns inte att skåda. Skogshuggarna hade sedan länge övergett just den skogen och sökte sig vidare längs andra väderstreck. Även om det alltid varit säkert så länge man tog träden precis vid kanten var man rädd att man förr eller senare skulle hugga sig in till något man förmodade gjorde sig bäst oupptäckt. Men de nyinflyttade tog genvägen genom skogen, utan att något hemskt hände med någon av dem.

Hur många de var visste man inte. Ibland var de två, i sällskap med den äldre herren. Ibland var de så många som fem, utan någon kort, kraftig man i följe. Ibland visade sig den solbrända, svettiga mannen själv. Då de alla såg tillräckligt likadana ut för att försvåra för byborna att skilja dem åt, särskilt som de aldrig presenterade sig med namn, var det omöjligt att veta med säkerhet hur många olika individer man sett. Man trodde att de var fler än fem, kanske rentav så många som nio, den avvikande parten ej inräknad.

Det hade förmodligen räckt med en av dem för att ge upphov till den skräck som växte sig allt starkare i byn. Det faktum att ingen av dem orsakat någon något ont var inte helt och hållet något positivt. Om de hade uppvisat någon form av ondska eller utfört någon ond handling så hade man åtminstone vetat vad de var för sorts typer. Det hade på något sätt inneburit någon sorts lättnad. Men de gjorde aldrig något. De var aldrig otrevliga, de lurades inte, de bedrog inte, de hotade inte, de skadade aldrig någon. De var bara väldigt, väldigt obehagliga.

Under den tid de bodde i slottet, vilket var alldeles för många år för att det skulle kunna vara naturligt att de inte åldrades, hände till en början ingenting besynnerligt varken i byn eller, så vitt man kände till, i slottet. Man började till och med våga sig längre och längre in i skogen utan att något hemskt hände. Vilket egentligen var mystiskt nog i sig.

Efter ett antal år inträffade dock en incident som man förvisso inte riktigt kunde beskylla de nyinflyttade för...men man visste. Man visste, att på något sätt, måste det ha något med dem att göra. Det hände sig nämligen, att en morgon när människorna i det lilla samhället Björkviken vaknade, var barnen borta. Alla pojkar och flickor yngre än femton år hade försvunnit. Det fanns inga spår efter dem, inga förklaringar. Inga tecken på att de blivit bortrövade, inga kvarlämnade hälsningar som tydde på att de hade gett sig av frivilligt. Sökandet efter de försvunna barnen varade i månader och engagerade snart människor i hela landet som antingen reste till byn för att hjälpa till att söka i området, eller sökte runt sina egna trakter om det hade varit så att barnen tagit sig, eller tagits, dit. Utan resultat.

Redan den första dagen riktades förstås misstankarna mot de nyinflyttade, som vid den här tiden inte varit nyinflyttade på väldigt länge. Men det var vad man kallade dem, dessa nykomlingar. Inkräktare lät ju så oförskämt. Det skulle dröja till den andra veckan efter barnens försvinnande innan man vågade sig på att faktiskt ta sig till slottet och kräva att få komma in och söka igenom det, med uppbackning av den lokala ordningsmakten.

Även där visade sig sökandet vara fruktlöst. Något man däremot lade märke till var att det i slottet bara fanns en ensam person närvarande. En man med blek hy och stora ögon. Han var lång och ståtlig, i tidig medelålder. Välfriserad, välklädd och oklanderlig till sitt sätt och utseende. Han var i denna situation lika fåordig som han och de övriga i hans sällskap alltid var när de interagerade med lokalbefolkningen. Någon hjälp kunde han inte bistå med för att lösa mysteriet med de försvunna barnen. Han visade sig även oförstående när han avkrävdes en förklaring till varför han befann sig ensam inne i slottet.

När sällskapet efter flera timmars letande konstaterat att man inte skulle finna några barn i slottet heller, tog han dock avsked av dem med löftet att han skulle göra vad han kunde för att vara dem behjälplig. Ingen trodde förstås att detta löfte hade någon substans och många var fortfarande övertygade om att han visste mer än han ville ge sken av.

Månaderna gick och ingen hade någonstans hittat några spår efter det hundratal barn som försvunnit, förrän en av invånarna i byn sent en natt tyckte sig ha hört ljudet av dussintals barn som skrek och grät, djupt inifrån skogen. Han sprang så fort han kunde tillbaka in till byn, där alla inom loppet av en halvtimme var vakna och påklädda och beredda att ge sig av in bland träden.

De spenderade resten av natten och hela nästföljande dag i skogen men fann inget annat än mossa och sten. Fler kunde dock svära på att de hade hört barnröster mellan träden. Man hade vid det här laget gett upp hoppet om att någonsin få återse barnen. Även om man fortfarande sökte efter barnen, hade intensiteten avtagit och det nationella intresset sedan länge dött ut. Man ställde sig därför överlag skeptiska till att väcka allt för stora förhoppningar nu, enbart baserat på att "någon" hade hört "något". Även om det förstås föranledde en nytändning i eftersökningarna.

Det var först på dagen två år efter försvinnandet som barnen återfanns. Man såg en av de nyinflyttade vandra ensam in i staden - något som dittills aldrig inträffat, undantaget den svettiga, solbrända mannen med stirrig blick - i sällskap med en av de försvunna ungdomarna. Detta orsakade såklart stor uppståndelse i byn, men den nyinflyttade kunde, eller ville, inte ge svar på några frågor.

Den återvändande pojken kunde dock berätta att han varit vilse i skogen, och att den nyinflyttade hade funnit honom och hjälpt honom att hitta tillbaka till byn. Något mer kunde inte pojken säga om vare sig försvinnandet eller de senaste två åren, men han hjälpte till att leda dem tillbaka in i skogen, ungefär där han trodde att han hade blivit upptäckt. Det dröjde inte länge förrän nästa barn kom vandrande mellan träden och innan dagen var slut hade alla de försvunna barnen återvänt och sammanförts med sina familjer.

Det hade under åren uppkommit teorier i byn om de nyinflyttade, teorier som avfärdats som nonsens. Teorier som hängde ihop med de nyinflyttades förmåga att röra sig fritt i skogen. Teorier som hängde ihop med det faktum att de kunde bo i slottet så många år utan att uppvisa några tecken på att något var konstigt eller ens annorlunda. Teorier som gick ut på att vad det än var som var...fel, med de nyinflyttade, så var det inget de levande behövde frukta. Ingen kunde neka till att de nyinflyttades närvaro verkade ha en stävjande effekt. På slottet, på Björkviken och på skogen som låg däremellan. De som delade dessa teorier undrade vad som skulle hända när effekten gick över. När det som låg och väntade under ytan, nedtryckt av de nyinflyttades blotta närvaro, blev för mycket. När trycket blev för högt. När det inte gick att hålla undan längre. Nu visste man.

Man fick aldrig någon riktig klarhet i vad som egentligen hade hänt och många i byn tyckte sig lägga märke till att det var något som var annorlunda med barnen efter att de återvänt. Något som understundom gav upphov till ett obehag, på ett sätt som inte riktigt gick att sätta fingret på.

Efter denna händelse visade sig de nyinflyttade enbart på dagarna, aldrig efter mörkrets inbrott. Med undantag för en person i sällskapet, en äldre herre, kort och tunnhårig med solbränna och stirrig blick. Och byborna vågade sig inte längre in i skogen igen.

De återfunna barnen, däremot, spenderade allt mer tid i skogen. Djupt inne bland träden.

Slottet – Fem:

David Andersson, polis

Sandra Olsson var en 21-årig högskolestudent. Hon var som vilken annan 21-årig högskolestudent som helst, hon gjorde till en början ganska bra ifrån sig i skolan, hon var tillräckligt populär och hon hade inga större planer med sitt liv än att ta sig genom studierna och ha så kul som det bara gick under tiden. Och att ha så kul som det bara gick var något hon utsett till sitt huvudämne det senaste året.

Möjligen var det ett uttryck av revolt mot föräldrarna och den privilegierade uppväxten som drivit henne till den totala dekadens som hon lät uppvisa närhelst det stundade festligheter. Möjligen var det en fallenhet för total ansvarslöshet. Möjligen hade hon funnit någon djupare mening i minnesluckor och totalt verklighetsbortfall. I det avseendet avvek hon åtminstone en aning från likheten med vilken annan 21-årig högskolestudent som helst.

Drogerna och alkoholen hade förvisso inte tagit över hennes tillvaro så till den grad att ett liv på gatan var att vänta, något som vidare garanterades av familjens förmögenhet. Men någon strålande karriär som något annat än realitystjärna, popidol eller tabloidkändis var inget som framstod som särskilt rimligt under rådande omständigheter. Men hon var ung, hon hade bara "lite kul", hon hade "all tid i världen" på sig att skärpa till sig och ta tag i sitt liv. Trodde hon.

En tidig vinternatt var hon hemma i föräldrahemmet över helgen tillsammans med sin senaste pojkvän. Föräldrarna hade för några år sedan köpt ett slott i utkanten av ingenstans dit de hade flyttat, samtidigt som våningen på Östermalm hade blivit övernattningslägenhet. Just nu befann sig föräldrarna på en affärsresa och skulle vid hemkomsten stanna några dagar i lägenheten, så hon hade hela slottet för sig själv, med undantag för kökspersonal, betjänter och städare som visste bättre än att befatta sig med henne.

De satt på golvet i hennes sovrum och hade precis förbrukat det mesta av kokainet de haft med sig när en tjock dimma trängde in i rummet. Hennes pojkvän hade först brustit ut i ett hysteriskt skratt, för att sedan drabbas av panik och hastigt lämna rummet. Hon kände sig förvirrad och frusen när hon reste sig upp och knappt ens kunde se handen framför sig på grund av dimman. Hon trevade sig försiktigt fram genom rummet och förvånades då hon aldrig nådde fram till någon vägg eller stötte in i någon möbel. Ännu mer förvånad blev hon då hon kände det våta, kalla gräset under sina bara fötter och hörde ljudet av prasslande buskar.

David Andersson hade inte varit polisutredare mer än ett år när fallet med den försvunna unga flickan landade på hans skrivbord. Han kom från en familj av uniformerade poliser - hans far, hans farbror och hans farfar hade alla patrullerat gatorna i Småland. Att han skulle bli polis stod klart ganska tidigt under hans uppväxt. Att han skulle välja att sätta sig bakom ett skrivbord var mindre uppenbart men gav efter en inledningsvis smärre skepsis upphov till uppmuntran hemifrån. Hans partner och mentor, Klas Westerlund, började närma sig femtio med nära tjugofem års tjänst bakom sig. Och för David var ingen utmaning för stor, inget fall för svårt, när man hade någon som Klas att luta sig mot under en utredning.

I det aktuella fallet verkade det inte vara någon större svårighet att få klarhet i själva händelseförloppet. En ung kvinna, Sandra Olsson, hade försvunnit från sitt hem. Hon och hennes pojkvän hade befunnit sig tillsammans, druckit för mycket, inte klarat av att hantera de droger de stoppade i sig, och nu hade hon försvunnit. Givet omständigheterna skulle de antingen hitta hennes kropp inom en radie av fem kilometer från slottet där hon bodde, eller så skulle hon dyka upp igen av sig själv inom en till tre dagar, efter att ha gått vilse i sitt drogrus. Eller, så skulle det dyka upp ett kravbrev från hennes kidnappare inom de närmaste två dygnen. Det skulle inte nödvändigtvis bli helt lätt att lösa fallet. Men de olika möjligheterna, de därtill hörande omständigheterna, och de påföljande polisiära rutinerna, var inget mysterium ens för David trots hans ringa erfarenhet av yrket.

"Mord, gått vilse, kidnappning. Är det dina alternativ?" undrade Klas när de satt i bilen på väg till slottet. David körde, Klas gillade inte att köra bil. Han gillade inte ens att åka bil, men han hade sällan några alternativ när han fann sig nödgad att frakta sig från punkt A till punkt B. "Tja," funderade David, "jo, vad har du mer för förslag?" "Hon kanske tröttnade på skiten och stack," muttrade Klas, karakteristiskt för den pessimist David lärt känna honom som. "Fast mord låter ju bra det med," avslutade han.

Då de anlände började de med att prata med pojkvännen, Jonny Jonsson, en 23-årig bollkickare och halvt misslyckad student, en uppenbar rekvisita i hennes ungdomsrevolt mot allt föräldrarna stod för. Knappast någon kidnappare. Mördare gick inte att utesluta. Det enda han hade att berätta var att hon "löstes upp typ, liksom, såhär, du vet." Just så. Mördare gick som sagt inte att utesluta, men Klas och David var rörande överens om att det var han nog för dum för. Hade han varit skyldig hade de fått komma hit för att inspektera en kropp, inte leta rätt på en.

Personalen visste inget, de hade legat och sovit under tiden för försvinnandet och funnit pojkvännen medvetslös och blodig i hennes säng på morgonen. Man hade förstås ringt till föräldrarna som befunnit sig utomlands men skulle skynda sig att avsluta sin affärsresa så snart som möjligt och förmodligen hinna ta ett tidigare flyg hem redan om tre till fem dagar, cirka. Max en vecka. Förmodligen inte mer än så.

133

De hade insisterat på att man skulle höra av sig igen om man fick veta något mer.

Sedan hade man letat efter henne. Sedan hade man ringt polisen. Och här var de nu.

David och Klas sökte igenom hennes rum, de gjorde även ytterligare försök att få någon vettig information från hennes pojkvän om hur hennes sociala förhållanden såg ut, samt vad han egentligen hade att säga om sin inblandning kvällen innan. Ett samtal med en vägg hade förmodligen varit mer givande. Definitivt mindre frustrerande.

Personalen kunde inte heller berätta något av värde om hennes liv, hon hade varit en mindre angenäm person, för att uttrycka sig diplomatiskt, och de hade valt att interagera med henne så lite som möjligt och visste därför mycket lite om hennes privatliv.

De skulle väl bli tvungna att ta en sväng förbi hennes skola så småningom och göra ytterligare efterforskningar bland hennes bekanta. Men först gällde det att utesluta att hon inte befann sig i närheten. "Hitta kroppen," som Klas uttryckte det. Så de ringde och beställde några hundar.

Under tiden Klas gick runt i slottsparken och letade efter vad som helst som kunde verka intressant i närområdet stannade David Andersson kvar inne i slottet. Han fortsatte att gå igenom hennes sovrum, i jakt på någon dagbok eller någon lapp med ett namn och en mötesplats eller vad som helst som kunde ge dem några som helst idéer om var och hur de skulle fortsätta sitt sökande. Antingen efter Sandra själv, eller ledtrådar om vad som hänt henne.

Då han tittade upp från en av skrivbordslådorna tyckte han sig se en kvinnlig gestalt i ögonvrån, någon som skulle kunna vara lik den kvinna han nyss hade fått ett fotografi av. Han vände sig hastigt om men såg bara sig själv i en spegel. Han reagerade inte på det direkt, hjärnspöke förstås, men var

134

tvungen att se efter en gång till då han insåg att det var något som inte riktigt hade stämt med hans egen reflektion.

Han gick lite närmare spegeln, men kunde inte riktigt sätta fingret på vad som var fel. Han fick den där känslan som man kan få ibland när man träffar en bekant som precis gjort någon drastisk förändring med sin frisyr, utan att man direkt kommer på vad som är annorlunda. Det var däremot inget fullt så uppenbart som var fel med spegelbilden, men något var det.

Eftermiddagen blev till kväll, hundenheten hade varit där någon timme utan framgång. Teknikerna från SKL hade precis anlänt för att leta efter spår, vilket framstod som en hopplös uppgift då det inte fanns någon uppenbar plats att leta efter just spår. Det fanns ett stort slott och en ännu större park. Höbal. Nål. På era platser: sök!

Klas tyckte att de skulle åka hem och lägga sig. Klämma några bärs, knulla frugan, ta sovmorgon imorgon. Avvakta några dagar. Förr eller senare skulle någon hitta kroppen, och då hade man i alla fall något att lämna in till labbet. Någon bärplockare skulle snubbla över vad som fanns kvar när fåglarna ätit sig mätta...det skulle börja lukta underligt från källaren i slottet... Och så vidare.

David slutade lyssna efter ett tag och gjorde klart att han tänkte stanna kvar. Han hade ingen "fruga att knulla," han föredrog vin, och så länge hundförarna och teknikerna var kvar tyckte han att det väl ändå kunde vara lämpligt om utredarna även fanns på plats, ja? Klas var inte övertygad, men ryckte på axlarna och grymtade åt det svaga kaffet som köket hade att bjuda på.

Då David gick mot köket för att även han få sig en nybryggd kopp undermåligt kaffe tyckte han sig känna en svag knackning på axeln. Han vände sig om och fann sig stå tätt, tätt intill Sandra Olsson. Hon var klädd i ett nattlinne och såg blek och frusen ut. Och trött. Väldigt, väldigt trött. Hon mimade något som han inte kunde uttyda, sedan var hon borta. Som om hon aldrig hade stått där.

Han kunde inte tro vad han nyss hade sett, övervägde att han kunde ha drabbats av en plötslig psykos som gick över lika snabbt som den sköljt över honom, och bestämde sig för att aldrig berätta för någon vad han nyss, uppenbarligen, måste ha inbillat sig att han sett. Han gick sedan in till köket för att dricka en kopp kaffe, som snabbt blev tre koppar. Han hade druckit bättre kaffe, det hade han, men det kändes för stunden inte som något att hänga upp sig på. Han önskade att han kunde prata med Klas om det här. Klas hade varit med ett tag, han var erfaren, kompetent, smart. Han hade säkert kunnat dra någon slutsats av det inträffade, om han bara hade trott på ett ord av vad David hade att berätta. Så det var förstås inte en möjlighet.

David gick sedan upp till övervåningen för att prata med en av teknikerna som nu var inne i flickans sovrum. Han stannade till när han passerade ett porträtt i trappan. En tavla som föreställde en vacker ung dam med ett födelsemärke på halsen. Sandra Olsson. Även porträttet var vackert. Uppseendeväckande vackert rentav, det verkade nästan levande. Det måste vara några år sedan, tänkte han, hon har jobbat ikapp sitt förfall sen det här penslades ner på duk. Hon var så levande där hon hängde frusen i tiden. Hon var levande, hon log och hon var redo att tala, i bilden som hängde framför honom. Men det enda som skulle tala till honom nu var eventuella ledtrådar och bevismaterial som de lyckades sopa fram. Han skakade av sig en plötslig rysning längs ryggraden och fortsatte att gå upp för trappan.

Då han gick förbi ett av badrummen på den övre våningen hörde han hur duschen plötsligt slogs på. Han öppnade dörren på glänt och såg en kvinnlig silhuett inne i duschkabinen, där duschen spolade med fullt tryck. Han var ingen äckelgubbe, långt ifrån, det var han för ung för tänkte han skämtsamt. Men det här var konstigt. Mycket underligt. Vem skulle få för sig att duscha nu, med hela byggnaden full av poliser? Även om någon av kollegorna mot förmodan skulle ha slarvat med avspärrningstejpen...han insåg att han inte hade behövt krypa under någon sådan när han skulle upp för trappan. Nåväl, han var tvungen att undersöka detta, så han gick in i badrummet och knuffade försiktigt upp dörren till duschkabinen och såg till sin förvåning att ingen befann sig där inne. Duschen var avslagen, men det var blött i duschkabinen och vattnet på golvet rann fortfarande undan.

Om han hade tittat lite närmare, hade han kanske kunnat urskilja de diffusa bilderna av livlösa ansikten som framträdde vagt i vattnet, liksom aningar av något som befann sig långt djupare än den millimetertunna hinna av vatten som nu fanns kvar på golvet. Då han tittade in i spegeln innan han gick ut såg han en helt annan reflektion än badrummet möta hans blick. Han såg istället spegelbilden av en stor sal. En sal full med gamla rustningar och dammiga tavlor. Han såg också en snabb glimt av en ung kvinna då hon precis sprang ut från rummet. En ung kvinna som skulle kunna vara samma person som han hade ett fotografi av, som han för bara några minuter sedan inbillade sig att han sett utanför köket, en våning ner. Som han alldeles nyss betraktat på ett porträtt i trappan. Sandra Olsson.

Han skyndade sig till sovrummet för att snabbt stämma av med teknikern, som inte hade något nytt att rapportera, innan han därefter sprang ner en våning igen och högg första bästa person han lyckades hitta ur personalstyrkan. Efter att ha försökt så gott han kunde att beskriva rummet följde städerskan med honom till det rum hon gissade att han talade om, en stor sal på övervåningen. Ett jävla springande i trappor, tänkte han. Han tackade städerskan för hjälpen och förklarade att han inte längre behövde hennes assistans just för stunden.

137

När hon lämnat honom ensam tittade han runt i salen en stund, på rustningarna och tavlorna. På den stora spegeln på den motsatta väggen. Han hade bara halvt på allvar förväntat sig att se badrummet reflekteras där, men så skedde inte. Han hann dock se en svartklädd gestalt lämna rummet genom en dörr vid sidan av spegeln, i andra änden av rummet. David gick genom rummet med försiktiga steg. När han kom fram till dörren knäppte han upp pistolhölstret och lät handen vila vid bältet, tryggt över vapnet, och steg in.

Då han kom ut i en lång korridor med flertalet dörrar på båda sidor, såg han däremot inte till någon gestalt. Han drog sitt vapen utan att ha någon rationell anledning annat än att han tyckte att det kändes lite bättre så, och kände på dörrhandtagen som alla var låsta. Han uppmärksammade även ett tjockt lager damm på golvet i hela korridoren då han lade märke till de tydliga fotspår han lämnade efter sig. Några andra fotspår än hans egna syntes inte till.

Han höll nästan på att avfyra ett skott då han hörde ett plötsligt ljud komma från salen han precis lämnat. En gäll klang, svår att beskriva, det hade kunnat varit något metalliskt som slog mot något annat av metall, men det var för dämpat för att ens uppbåda en rimlig gissning till vad det faktiskt kunde vara, eller vad som kunde tänkas vara källan. Han visste såklart att han borde springa tillbaka och undersöka ljudet omedelbart. Istället stannade han kvar och tog några djupa andetag.

Efter några ögonblick hade han samlat sig nog för att försiktigt, med pistolen i ett fast grepp med båda händerna, gå tillbaka in till salen. Där stod Klas och stirrade på golvet. "Du, det var en jävla ful matta det här." David svor och hölstrade sin pistol. "Hänt nåt, action så, eller?" undrade Klas. David önskade att han kunde berätta vad han sett, vad han upplevt, men det gick bara inte. Han visste inte hur han skulle börja. Han visste inte om han var riktigt klok. "Nej,

jag...tyckte att jag hörde nåt." Klas nickade instämmande.
"Ja, jag var uppe och snackade med Bruno när jag hörde nåt
så jävla underligt ljud, typ här inifrån, tror jag." David gav
honom en frågande blick. "Näe, det enda jag såg var den här
fula mattan." David tittade på mattan. Så hemsk var den väl
ändå inte.

"Bruno hade inte ett skit att komma med, om du undrar,"
fortsatte Klas. "Det kommer väl, tids nog. Såna där
bevisgrejor finns det alltid, vet du. Det gäller bara att vänta
tills de börjar känna sig ensamma och vill komma fram och
prata lite." Klas log övertygat. Han hade sitt sätt att uttrycka
sig på. Hade David träffat honom för första gången idag hade
han avfärdat honom som korkad, eller totalt inkompetent.
Möjligen både och. Men de hade lärt känna varandra från
Davids första dag på polismyndigheten. Han hade snabbt
förstått att Klas var något av ett geni, och kort därefter insett
att han även var lite...speciell. Det var väl det som fick
honom att känna att han kanske skulle kunna prata med Klas
om vad han upplevt inne i slottet, men han kunde ändå inte
förmå sig. Inte ännu.

Då de lämnade rummet kastade David en sista blick in i det.
I spegeln såg han hur den unga kvinnan, Sandra Olsson, stod
pressad tätt mot glaset, från andra sidan. Hon såg mindre
sliten ut än på fotografiet han fått, som om tiden backat till
innan hon började gå ner sig, men han kunde inte avgöra om
hon trots det faktiskt såg yngre ut. Hon bankade ljudlöst på
spegeln i ett till synes fruktlöst försök att ta sig ut, när en
svartklädd gestalt i lugn takt närmade sig henne bakifrån.
David suckade uppgivet och gick ut ur rummet. Det fanns
inget han rimligen kunde göra. Inget initiativ han kunde ta.
Det kunde ju inte ens vara på riktigt. Han hade tappat
gnistan helt. Inte bara gnistan, tydligen även förståndet.

Resten av kvällen, och natten, fortskred utan några vidare
underligheter. Inte för Davids del, och han hörde inget från

någon annan som verkade vara utöver det ordinarie. Man hittade inga ledtrådar heller för den delen. Än ville tydligen inte bevisgrejorna komma fram och prata med dem. Då de närmare gryningen satt i bilen på väg hem såg Klas bekymrad ut. Efter flera minuters fundersamhet bröt han till slut tystnaden. "Du...jag vet inte...det där slottet..." "Ja?" "Alltså, det är nåt som är lite skumt med det där jävla stället, eller hur?" Det blev tyst en stund. "Jo.." David funderade på att berätta vad han varit med om. Han funderade på att be Klas berätta vad han hade sett. Men han tänkte att det kunde vänta. Det kunde vänta tills de båda fått varva ner en aning och var för sig kunnat hitta någon bekräftelse på att de inte blivit helt tokiga.

Han skulle aldrig få veta vad Klas hade upplevt den kvällen.

De återvände till stationen och stämde som hastigast av med sin chef som precis kommit in för dagen, innan de skildes åt för att åka hem och sova. "Hem och knulla frugan och klämma en bärs då?" skojade David. Han förmådde sig inte ens känna avsmak över formuleringen. Klämma en bärs och knulla frugan. Det var så Klas, hade alltid varit så Klas, och just nu var det så påtagligt verkligt. Det fanns en lättnad i det. "Du," svarade Klas uppgivet, "jag tror inte det..." Det var något mer än trötthet bakom hans nyfunna nedstämdhet. Vad han än hade varit med om på slottet, så hade han tagit det värre än vad David gjort. Klas var helt enkelt lite mindre Klas.

Dagen därpå fortsatte de sin utredning, utan några vidare ledtrådar att gå efter. Ingen kropp hade hittats, och det var ju såklart positivt. De frågade personer i hennes bekantskapskrets utan resultat, studiekamrater, lärare. Det fanns många historier om hennes vilda leverne, många anekdoter om "tokiga grejer" hon varit inblandad i, men inget som var till någon hjälp. De talade med föräldrarna så snart de kom hem, som fortfarande inte verkade beredda att ta situationen på fullt allvar. "Hon kommer väl hem när hon behöver pengar," konstaterade man kallt. De tog in pojkvännen till förhör, då han inte gick att avfärda som misstänkt. Men man kunde heller inte fastställa honom som gärningsman, i synnerhet som man inte visste exakt vad gärningen skulle kunna tänkas vara.

Veckorna gick utan att man nådde några resultat. Sandra Olsson var och skulle förbli försvunnen. Den tekniska undersökningen hade kommit upp tomhänt, inga bevisgrejor ville komma fram och prata. Dykarna hade inte sett något i den lilla sjön som låg inom promenadavstånd från slottet. David var inte helt säker på att det var hela sanningen. Han hade blivit förvånad om flickan hade hittats i vattnet, hundarna hade inte gett dem anledning att tro att så var fallet. Men något hade dykarna sett, det var han övertygad om. Det gick inte att avfärda att de bar på något, något de inte kunde berätta om för någon oinvigd.

Både David och Klas försökte flera gånger tala med varandra om vad de sett på slottet, men det gick inte. Ingen av dem visste vad de skulle säga. Ingen av dem vågade börja dela med sig. David gjorde ett försök till efterforskningar om slottet, med en naiv förhoppning att bringa klarhet i de övernaturliga upplevelser han tagit del av. Han utgick från att Klas gjort detsamma. Han kom inte fram till något som gjorde honom klokare och hans kollega sa förstås inget.

Tiden som förflutit och bristen på påtagliga bevis eller ledtrådar hade till sist lett dem fram till, och tagit dem över, den gräns där det inte längre fanns någon utredning att utreda. Bara en slutsats, samma konstaterande som man kunde göra redan dag ett, nämligen att flickan Sandra Olsson var borta. De borde förstås ha delat sina mer extraordinära upplevelser med varandra, det borde de verkligen ha gjort, men de ansåg båda var för sig att det enda det skulle bevisa

141

var en begynnande galenskap. Utan att det nödvändigtvis skulle leda till några konkreta resultat. Och i det sista hade de förstås en viss poäng.

Dagen kom så då de satt i bilen på väg tillbaka till slottet, där den tekniska utredningen i det närmaste bosatt sig de första veckorna, för att ha ett sista samtal med flickans föräldrar. David berättade för dem att det inte fanns något att gå på, det finns inget mer för dem att göra nu om ingen ny information skulle dyka upp. Fallet skulle såklart lämnas öppet, men ej längre utredas aktivt i nuläget. Under tiden de pratat fann sig Klas tvungen att ursäkta sig.

Då samtalet kunde anses vara över hade Klas fortfarande inte återvänt, så David gick runt någon minut och tittade efter honom innan han bestämde sig för att gå ut och vänta i bilen. Han tackade paret Olsson för deras tid, ursäktade sig för att de inte kunnat ge dem några goda nyheter och försäkrade dem än en gång att han skulle ge fallet högsta prioritet igen så snart det fanns någon som helst ny information att följa upp.

Han satte sig sedan i bilen och väntade på sin kollega. Och väntade. Och väntade. När två timmar hade passerat visste han inte riktigt vad han skulle göra. Vänta två timmar till? Gå tillbaka till slottet, knacka på och fråga om de möjligen sett till hans borttappade kollega? Åka därifrån? Be att få låna paret Olssons telefon och ringa hem till Klas? Ropa ut på radion att han slarvat bort sin kollega? Han väntade ytterligare en halvtimme, sedan bestämde han sig för att Klas fick ta sig hem för egen maskin.

Då han körde ut på landsvägen som ledde från slottet, förbi ett litet samhälle i närheten och ut på en motorväg som skulle ta honom tillbaka till stationen, staden, hem, sprang plötsligt hans kollega ut framför bilen. David trampade ner bromspedalen i botten och var nära att köra på Klas, som slängde ner händerna mot huven och stod kvar och stirrade på honom under tunga andetag. David öppnade dörren och klev ur bilen. "Är allt okej? Westerlund? Hey! Klas?" Klas tittade upp på honom och rätade på sig, men sa inget. Han gick sedan runt bilen och satte sig på passagerarsidan. David tittade på honom fundersamt, men Klas mötte aldrig hans blick.

Då de åkte vidare försökte David få ur Klas var han varit, vad som hade hänt, men han fick inget svar. Han gjorde några försök att kallprata, som inte heller gav någon utdelning. Då de kommit halvvägs längs motorvägen blev de stående i en bilkö, vilket David fann en aning ovanligt. Här? Nu? "Bilkö? Var kom den ifrån, liksom." Klas sade ingenting, han bara stirrade tomt framför sig som om han befann sig någon annanstans. Som om han bara delvis befann sig i samma verklighet som sin kollega. David tog upp radion och frågade ledningscentralen om de visste ifall det hänt någon olycka på vägen, men de hade ingen information att dela med sig av.

Då han hängde tillbaka radioenheten såg han att Klas satt och stirrade på honom. Han var blek och andades långsamt, tungt. Han såg vettskrämd ut. "Du," sade han. "Ja?" undrade David. "Det är inte meningen att det ska vara så här." Med de orden öppnade han bildörren, lämnade bilen och gick med raska steg bort mot skogen på andra sidan vägen. David stirrade efter honom och körde sedan in bilen till sidan av vägen för att kunna lämna den stående utan att blockera trafiken ytterligare. Han joggade bort till skogen där hans kollega nyss försvunnit in men såg inte till honom. Han sprang runt bland träden en stund men hittade honom inte. Han ropade men fick inget svar.

David återvände till bilen och satte sig för att vänta, igen. En halvtimme senare släppte trafikstoppet och trafiken började åter rulla. Han satt kvar ytterligare en timme till innan han bestämde sig för att åka tillbaka till stationen. Det hade blivit sen eftermiddag när han återvände till polishuset och gick in till sin chef, som liksom alltid började med att muttra över hur lycklig David skulle känna sig som jobbade som utredare, hur han ibland önskade att han oftare hade anledning att vara ute på fältet, hur han kunde känna sig underutnyttjad där han satt med ett nästan renodlat pappersjobb.

David berättade för honom vad som hade hänt, att Klas verkade ha tappat förståndet helt och bara stuckit iväg. Två gånger. Han bad chefen hälsa kollega Westerlund att han är en jävla tönt ifall han kom in något mer idag, och gick sedan till sitt skrivbord för att avsluta sin rapport. Han tänkte för sig själv att han behövde komma bort från det här, typ ut på gatan i en uniform..eller varför inte bakom ett skrivbord ännu längre in mot väggen...ett mer renodlat pappersjobb vore trevligt. Han arkiverade sedan sin rapport och åkte hem för dagen.

David Andersson skulle aldrig mer få se sin kollega.

Det finns ett slott i utkanten av ingenstans. I det slottet finns en sal full med gamla rustningar och dammiga tavlor. Ibland leder den salen till en lång korridor med låsta dörrar. Bakom en av dörrarna befann sig en polisutredare vid namn Klas Westerlund och en ung kvinna som hette Sandra Olsson. Det var något underligt med dem, något som hade verkat obekant även för någon som aldrig träffat dem tidigare, men som inte riktigt gick att sätta fingret på exakt vad det var. För dem själva, däremot, var det uppenbart.

Slottet – Sex:

Kvinnan som rymt heter Julia

Julia öppnade ögonen. Hon kände sig förvirrad, vilsen, desorienterad. Liksom ögonblicken efter att ha vaknat ur en dröm, innan man hunnit vänja sig vid att vara människa igen. Hon såg reflektionen av sig själv, skeptiskt iakttagande från en spegelvägg. Bakom spegelbilden bredde ett stort rum ut sig. Det såg bekant ut, men ändå inte. Hon ryckte till då hon hörde ett ljud från andra änden av rummet. Metall mot metall, men något dämpat. Som om ljudet kom från någonstans längre bort, fast det måste ha uppstått här i rummet. Hon vände sig snabbt om men såg inget annat än ett tomt, tyst rum. Hon hade varit i det här rummet tidigare. Men när? Jo, just ja, det var ju en av de många salarna i slottet som de aldrig använde. Exakt vad den här salen fyllde för funktion hade hon aldrig riktigt fått någon klarhet i. Kanske höll man bal här, men de var inte människor som gick på bal, än mindre bjöd in till en. Det var länge sedan hon var här sist, men rummet var förstås bekant. De hade låtit rustningarna stå kvar, tavlorna hänga orörda och de stora speglarna sitta kvar på väggarna. Den otidsenliga mattan hade de däremot bytt ut, man vill ju att det ska se lite nytt ut. Den nya mattan var förstås nästan lika otidsenlig den, man ville ju inte att ett så anrikt ställe skulle se för modernt ut. Nästan lika otidsenlig, men förhoppningsvis något mindre anskrämlig. Hon förstod inte riktigt hur de hade resonerat där, ful var den onekligen, och passade inte in bland varken dammiga rustningar eller robotdammsugare.

Hur hade hon hamnat här? Vad hade hänt egentligen?

Hon hade stått där en stund. Timmar? Dagar? Hon var osäker. Hon visste inte ens hur hon hade kommit dit. Slottet hade blivit intaget, övertaget. Hon kom ihåg att hon tvingats fly från sitt hem, att hon lämnat slottet, satt sig i säkerhet.

Hade hon inbillat sig allting? Hade hon drömt? Nej. Jo? Hon hade rymt från sina kidnappare? Jo. Eller? Hade hon inte flytt från slottet, ut i säkerhet? Hon visste ju att så hade skett, men varför stod hon då här nu? Och...hade hon bara lämnat barnen? Det skulle ta henne en stund att sakta nå insikten att hon inte alls hade tagit sig ut från slottet. Hon skulle rationalisera det med att hon måste ha drömt, eller fantiserat ihop en önskad upplösning på dramat. Så var förstås inte fallet. Det hon hade varit med om sedan hon rymt hade hänt på riktigt, och ändå inte. Någon, något, slottet, hade iscensatt hela händelseförloppet, spelat upp en pjäs, bara för henne. Men nu var skådespelet över, hon var tillbaka i ett rum hon förmodligen inte befunnit sig i till att börja med, ridån hade fallit och bakom kulissen var det hon, och bara hon, som hade huvudrollen.

I själva verket hade hon stått där en stund, framför spegeln. Människor hade passerat genom rummet bakom henne, sökt efter henne, men hon hade inte sett dem. Och de hade inte sett henne. Hon hade stått där en stund, men hon hade inte varit där. Och nu var hon tillbaka. Hon var inte längre i säkerhet. Hon hade egentligen aldrig varit i säkerhet. Hon var ensam, isolerad och långt ifrån trygghet. Nu måste hon agera. Reagera.

Hon gick försiktigt fram till fönstret och tittade ut. I slottsparken, och bortanför, kunde hon se människor. Rörelse, aktivitet. Poliser, journalister. Militärer? Hon tyckte sig på avstånd känna igen några av dem, hon hade mött dem när hon lämnade slottet. Hade hon verkligen lämnat slottet? Hur hade hon då kommit tillbaka? Och varför? Det var mörkt ute nu. Det hade varit ljust när hon flydde. Hon tänkte öppna fönstret och ropa på hjälp då hon hörde något. Någon. Fotsteg. Hon skyndade sig bort från ljudet och sprang ut från rummet. Då hon lämnade salen bakom sig inbillade hon sig att hon hörde vad som nästan lät som ett dovt skrockande inifrån rummet.

146

Niklas var osäker. Han behövde komma bort från gruppen. Vara för sig själv, samla tankarna. Det höll på att gå åt helvete det här. Han gick upp för en trappa till den övre våningen. Polisen var här. Militären hade kallats in till och med. Någon måste verkligen ha överskattat vad de var och vilken sorts hotbild de utgjorde. Egentligen borde han väl se det som något positivt, men det såg faktiskt rätt så kört ut för dem. Hade han inte hävdat hela tiden att det här var en dålig idé? Nej, det hade han ju inte. Han borde förstås ha gjort det, han kunde inte skylla på någon annan än sig själv...men skulle de ha lyssnat på honom? På förnuftets röst? Förmodligen inte. Således hade han ju lika gärna kunnat ha haft invändningar från första början utan att det hade gjort någon som helst skillnad i praktiken, alltså var det ju ändå deras fel att det hade blivit som det blev. Han själv hade ju bara, liksom, hängt med. Eller hur? Absolut, visst var det så, intalade han sig själv. Han höll avståndet då han gick förbi ett fönster, ville inte att någon skulle se honom utifrån, tänk om de hade krypskyttar? Jävla idioter, som satt honom i den här röran.

Han stannade upp då han hörde ett ljud som kom från en dörröppning en bit bort. Metall mot metall, fast dämpat. Som om ljudet inte ens uppstått på den här våningen, trots att det tydligt hördes att det kom inifrån det där rummet. Han funderade ett tag på om han skulle gå tillbaka till de andra i gruppen, eller om han skulle undersöka det där ljudet. Vad kunde det spela för roll, om det var något som hade åkt i golvet här? Vad hade det för betydelse? Inget värt att utreda vidare, rimligen... Han kom på sig själv med att omedvetet röra sig baklänges, bort från ljudet, bort från dörröppningen. Hans nyfikenhet blev dock för stor, trots att han helst av allt bara ville gå därifrån kunde han inte låta bli att försiktigt börja röra sig mot ingången, som om han drogs dit. Något obeskrivbart lockade honom, mer än bara nyfikenhet, det var på något sätt meningen att han skulle gå dit han nu var på väg. När han närmade sig hörde han fotsteg röra sig bort inne i rummet och han skyndade sig in i den gamla salen. Han fick en olustig känsla då han kom in - ett rum fullt med gamla rustningar, dammiga tavlor och en matta som kändes helt malplacerad. Han hann precis se konturerna av någon, eller något, som försvann bort i den andra änden av rummet. Innan han registrerade vem det var han hade sett hade hon redan försvunnit. "Julie" hette hon väl, visst var det henne han nyss sett, bara för ett ögonblick?

Han fann det besynnerligt att hon hade kommit tillbaka till slottet, eller om hon hade stannat kvar där inne, efter att en gång ha flytt från dem. Besynnerligt förresten, han fann det nästan lite obehagligt. Det var något som inte kändes rätt. Det fanns ingen rimlig anledning för henne att befinna sig här fortfarande. Var hon sjuk i huvudet? Eller var det här en fälla? Han visste att han var tvungen att jaga ifatt henne, fånga henne igen, ta med henne ner till de andra. En gisslan till att förhandla om. Han sprang efter henne men ryggade hastigt tillbaka då han såg någon komma mot honom. Han insåg att det bara var hans egen spegelbild, men stannade ändå upp ett ögonblick och betraktade reflektionen. Det var något som inte riktigt stämde, men han kunde inte sätta fingret på vad. Känslan man får när man träffar en bekant som ändrat frisyr utan att man direkt kommer på vad som är annorlunda, men det var något betydligt subtilare än så. Han skakade av sig en rysning och bestämde sig för att göra sitt bästa för att ignorera alla underliga känslor - allt som började kännas mer och mer fel, annorlunda och onaturligt med hela slottet - och istället fokusera på sin uppgift.

Hon kom ut i en korridor. En lång korridor som hon inte kände igen, med dörrar som ledde till rum hon aldrig varit i. Hon visste inte längre vad som var verkligt. Hon visste inte var hon var. Men hur skulle hon kunna veta det? Den korridor hon nu befann sig i, de rum som dolde sig bakom dörrarna, hade inte varit en del av slottet på århundraden.

148

Åtminstone inte i verkligheten. Vår verklighet. Om Julia hade varit medveten om det hade hon nog, trots allt, känt sig mindre vilsen än vad hon nu upplevde sig vara. Hon hade länge haft en känsla av att det fanns något på slottet som inte hörde hemma där. Eller om det var hon och Daniel, deras barn, och hans föräldrar, som inte hörde hemma där. Det var något som inte var normalt. Men hon hade aldrig upplevt att hon var ovälkommen och hon hade inte fått någon bekräftelse på den underliga känsla hon länge burit på. Förrän nu.

Hon stod paralyserad i korridoren. Tusen tankar for genom hennes huvud, för snabbt för att hon skulle hinna reflektera över något av vad hon tänkte. Hon visste att något var fel med den här platsen. Hon visste att en av inkräktarna snart skulle hinna ifatt henne. Två goda anledningar att ta sig därifrån. Men hon kunde inte röra sig. Det var för mycket att ta in, för mycket att försöka förstå. Och hennes förföljare skulle komma in i korridoren efter henne vilken sekund som helst nu, det var hon övertygad om.

Då Niklas lämnade salen kom han inte ut i någon lång korridor med många dörrar som ledde till rum som inte existerat i slottet på hundratals år. Istället befann han sig nu i en vinterträdgård. Han hade såklart inte förväntat sig att hamna i en korridor, så han hade ingen anledning att känna någon större oro över just detta. Det fanns dock många andra anledningar att oroa sig, men för Niklas del började det bli för sent för att göra något åt sitt öde.

Han såg en figur som rörde sig mellan två buskar. Eller om det var små träd, eller riktigt stora blommor av något slag. Han hade aldrig intresserat sig för botanik. Han sprang in i grönskan och hann ifatt en svartklädd gestalt. Precis när han tog ett hårt grepp om personens axel insåg han att kvinnan han jagade inte alls varit klädd i svart. Hennes hår var annorlunda. Hon var kortare. Hon var inte lika smal. Den

149

isande känslan hade fortplantat sig längs hela hans ryggrad redan innan gestalten ens hunnit vända sig om. Niklas ryckte hastigt tillbaka handen och staplade baklänges så fort han kunde för att komma bort från "varelsen," som inte hade något ansikte. Den saknade ögon, näsa och mun. En formlös mask av kött och blod, draperad med blank hud utan konturer.

Ett panikartat försök att vända sig om samtidigt som han började springa misslyckades och resulterade i att han föll till marken. Han tittade upp bakom sig för att se om gestalten kommit närmare och upptäckte att han var ensam. Han hade inga som helst intentioner att stanna kvar och undersöka vart den tagit vägen, så han reste sig upp så snabbt som möjligt och började springa. Han sprang så fort han kunde tills han nådde rummets ände, tills han var framme vid väggen. Men där fanns ingen dörr. Ingen öppning. Ingen väg ut. Han följde väggen och fortsatte springa.

Julia kunde fortfarande inte röra sig. Hon ville bara falla ner på knä och gråta, men hennes kropp förmådde inte göra annat än att stå kvar, stilla, stilla. Hon var rädd. Hon visste inte riktigt vad hon var rädd för, vad var egentligen det värsta som kunde hända? Att hon blev fångad? Att hon blev dödad? Det var alternativ hon gärna skulle undvika om möjligt, men just nu var det inte vad hon var rädd för. Hon var rädd för något värre, något större. Något hon inte visste vad det var.

Hon kände att hon borde gå vidare, att hon borde välja en av dörrarna i korridoren. Hon intalade sig att just den dörren hon valde skulle visa sig leda till frihet, till trygghet, till ett slut på den här mardrömmen. Hon tänkte att hon skulle börja äta nyttigare, när hon kommit ut genom den dörren, som skulle leda henne till frihet. Motionera mer. Sova minst sju timmar varje natt. Hon tänkte att hon borde göra mer nytta, för andra. Välgörenhet och sånt. Hon tänkte att nu måste hon göra något, nu måste hon ta sig härifrån. Ett ljud fick henne att reagera, det lät som metall mot metall. Det kom från öppningen som ledde tillbaka till salen. Rummet med rustningarna och tavlorna, och den nya mattan. Hon vände sig om och gick med snabba, bestämda steg tillbaka samma väg hon kommit ifrån.

Niklas lyckades till sist hitta en öppning i väggen. En dörr. En öppen dörr, som skulle ta honom ut därifrån. Bort från trädgården. Bort från besynnerliga varelser utan ansikte. Bort från blomjävlar och buskar. Han sprang ut med andan i halsen och fann sig i en korridor. Han var inte ensam, längre bort i korridoren såg han att kvinnan just kom in...Julie...Julia?

Julia gick ut från korridoren och trampade omedelbart in i...samma korridor. Hela hon sjönk ihop. Hon var besegrad. Vad det än var som hände, så hade det vunnit. Hon hade funnits vara en inkräktare. Hon fick inte längre vara kvar. Det hade tröttnat på henne nu. Det var dags att sätta punkt.

Det sista hon såg var en av inkräktarna som kom springande. En av männen hon redan undkommit en gång, som hon nu tvingats fly från igen. Nej, han var ingen inkräktare. De var alla inkräktare. Hon förstod det nu. Han ropade något, men hon kunde inte höra vad det var han försökte säga och hon tänkte inte stanna kvar och göra några vidare efterforskningar i saken.

Sedan föll hon.

Niklas såg även vad kvinnan, visst var det Julia hon hette, ännu inte uppmärksammat. De var inte ensamma. Han måste varna henne. Han försökte ropa till henne, men hon hörde inte vad han försökte säga. Han började springa mot henne, men det var för sent. Ögonblicket därefter var hon....borta?

Han var ensam igen. Vad var det som hade hänt? Nej, ensam var han förstås inte. Vem var det där, egentligen? Vad, var det där? Och vad hade det gjort med henne? Vad var det som hände? Han hade inga planer på att stanna kvar och ställa några frågor. Han sprang därifrån så fort han kunde, tillbaka samma väg han kommit, in i en stor sal som han kände igen. En sal han passerat nyligen. Med gamla rustningar och dammiga tavlor och en matta som inte riktigt passade in. Han såg något som rörde sig där inne. Han hörde någon som ropade till honom. Han hörde hur dörren stängdes bakom honom, det lät som metall mot metall fast mer dämpat. Den obehagliga känslan kom tillbaka, med en insikt att han aldrig skulle lämna rummet igen.

Han såg in i den stora spegeln och betraktade sin reflektion. Det var något som inte riktigt stämde med reflektionen av honom som mötte hans blick. Nu såg han vad det var och han kunde inte låta bli att le uppgivet. Men hans reflektion log inte. Den skulle aldrig le igen.

Slottet – Epilog

I efterdyningarna av det inträffade visade det sig att det fanns frågor som kvarstod som obesvarade. Det var en i synnerhet som David Andersson inte kunde sluta tänka på. En kvinna hade försvunnit spårlöst i samband med att slottet invaderats. Man hade inte hittat någon kropp, man hade inte hittat några spår efter kvinnan i form av blod eller hårstrån på någon av de misstänkta. Ingen av aktivisterna ville heller kännas vid hennes försvinnande, såklart.

De där aktivisterna ja, dem gav han inte mycket för. Visste de ens själva vad de ville få sagt? Hade de tänkt igenom vad de ville få uträttat genom att ockupera ett privatägt slott? Han hade gått igenom deras manifest, i vad mån det gick att pussla ihop något från diverse källor och Facebook-inlägg från människor som påstod sig utgöra kärnan. Någon konkret, officiell sammanställning existerade inte. Frågan var om de ens visste själva vad de hade för syfte. Gå ut ur EU, så långt kunde han kanske se en poäng, han gillade inte centralstyrning. De verkade dock inte ha tänkt längre än att GÅ UR var en bra grej att skrika på barrikaderna. Högre skatt för de rika, ja, jo, det var väl en sund inställning. Störta samhällsstrukturerna! Nu började det väl spåra ur en aning. Visst, anarkister i all ära, men vem exakt hade de tänkt skulle distribuera de höjda skatterna för de rika? Krossa kapitalismen! Ja just precis, nånstans fick de väl bestämma sig för antingen eller kände han. Krossa kapitalismen och höj skatterna för vem exakt? Det ena måste väl, om man drog det till sin spets, ändå på något sätt utesluta det andra...

Han avfärdade dem som en oväsentlighet. Det var oväsentligt annat än för att försöka förstå vem kvinnan var som hade försvunnit, och med allt sammantaget var det oväsentligt över huvud taget vilka de var och vad de ville uppnå. Han visste förstås, eller han kunde ana sig till, vad som hänt. Även om han inte kunde ge någon förklaring. David hade vid det här laget läst på om slottet, han tänkte förstås ibland på Sandra Olsson, flickan som försvann för länge sedan följt av hans kollegas spårlösa försvinnande. Internet och Google hade gjort intåg i vardagen sedan han påbörjade sin karriär som utredare och med all tänkbar och otänkbar information tillgänglig med en knapptryckning på tangentbordet hade han fördjupat sig i allehanda vidskepelser som kunde hänföras till det mystiska slottet som var den gemensamma nämnaren i alla frågor som vägrade låta sig besvaras i den gamla utredningen. Detta ställt i relation till hans egna upplevelser när det begav sig hade dock inte gjort honom mycket klokare. Han var hur som helst säker på att det var få överraskningar som skulle dukas upp för honom den här gången. Det var förstås inte hans första gång på rodeon, som det amerikanska uttrycket löd.

Man hade heller inte hittat några spår efter den försvunna kvinnan då man tagit in hundarna för att söka igenom trakten. Det var som om hon bara hade försvunnit därifrån. Traumatiserad av den hemska händelsen kunde man tänka sig, efter att hon lyckats undfly kidnapparna, hade hon sedan helt enkelt bara gått sin väg och lämnat inte bara den omedelbara faran, utan hela sitt gamla liv bakom sig. Ett nytt liv, en ny identitet, någonstans långt, långt därifrån. Hur osannolikt det än verkade sett till övriga omständigheter, var det inte helt otänkbart att den chock hon försatts i inte tillät henne att agera på något annat sätt. En liten portion självbedrägeri för att helt enkelt orka leva vidare.

Givet alla indikationer, eller snarare brist på sådana till någon alternativ förklaring, framstod det som den mest bekväma lösningen. Simpel och fullständigt rimlig. Enligt de som tänkt till. Men vad kunde få en människa att lämna hela sitt liv bakom sig, sin familj, sina barn? Svaret på den frågan var, enligt David Andersson, även det simpelt och fullständigt rimligt. Om än inte helt naturligt. Och gav en förklaring, av något slag, till alla frågetecken. Dessvärre var det inte ens tillnärmelsevis en särskilt bekväm lösning.

Han hade gärna låtit det bero vid den logiska slutsats som klokare människor än honom kommit fram till utan att ställa några jobbiga följdfrågor, det hade varit så mycket mer uthärdligt att bara hålla för öronen, blunda, och inte säga något. I synnerhet när det inte skulle leda till något av godo att gräva vidare i kvinnans försvinnande.

Mer uthärdligt, ja. Uthärdligt över huvud taget. Men fel. Det hade inte gått till så. Han kunde inte tro att det hade gått till så. Inte efter vad han hade varit med om. Följdfrågorna måste ställas. Han visste att något hemskt hade hänt med henne. Han visste att ingen annan skulle kunna gå till botten med hennes försvinnande. Han visste vad han måste göra.

Det hade under förhören med de så kallade aktivisterna framkommit att det fanns en medlem till som varit närvarande när de genomförde intrånget. En person som inte fanns kvar i slottet när insatsstyrkan gick in. Förvånande nog hade ingen av gärningsmännen pekat ut denne Niklas som huvudperson i "aktionen", som de kallade det. Inga försök hade gjorts att lägga all, eller ens någon, skuld på honom. Förhörsledarna fann detta förvånande men räknade med att man snart skulle hitta denna aktivist som lyckats fly och antog att de gripna räknade med att sanningen skulle komma fram förr eller senare om den saknade personens roll och därför valde att vara uppriktiga från början. David var inte förvånad och han räknade inte med att personen skulle återfinnas.

Det hade gått fem veckor, alla andra lösa trådar kring invasionen var ihopknutna. Utredningen var i princip färdig. Förhören var genomförda, bevismaterialet registrerat och rapporterna skrivna. Nu väntade bara en rättegång och några fällande domar mot "den fjärde generationen" som de kallade sig. Och fem veckor, fem timmar eller fem dagar gjorde ingen skillnad för det öppna fallet som David vägrade avfärda som ett frivilligt avvikande.

Det hade gått nästan tjugofem år sedan sist. Nu måste han återvända ännu en gång. Han måste utreda ännu ett försvinnande på slottet "Rattenblut." Polisavspärrningarna var nedtagna och slottet var uppsatt till försäljning. Familjen ville inte ha något mer med byggnaden att göra, ville inte sätta sin fot där någonsin igen. Deras liv var förstörda. De hade förlorat en mor, en hustru, en svärdotter. Där fanns bara mörka minnen som de ville lämna bakom sig. David skulle kunna ringa ett samtal till mäklaren och därefter fritt förfoga över slottet så länge han ville, helt ostört. Det var vad som måste göras.

Han hade en känsla av att han skulle få de svar han sökte den här gången. Och han hade en känsla av att nästa gång han satte sin fot inne i slottet, skulle han aldrig mer lämna det.

Det skulle visa sig, att han hade rätt i det ena fallet.

Han insåg att detta nog kanske var det rimliga utfallet, att det enda han skulle uppnå nu var ännu ett försvinnande, sitt eget, utan att för den skull få några svar. Men det må vara så hänt. Han hade ingen som väntade på honom när han kom hem. Ingen som frågade hur hans dag varit. Katten spenderade ändå mest tid ute och med växterna var det bara en tidsfråga innan de skulle vissna även om han fanns kvar och såg efter dem. Han började närma sig femtio, så han hade förstås ett antal år kvar till pension, men hade ingen aning om vad han skulle göra när karriären var till ända och ansåg att han redan hade fullföljt sitt åtagande till samhället med råge. Det kunde lika gärna få ta slut nu.

Han tog fram sin telefon ur fickan och slog numret till mäklaren. "Hej, David Andersson, Polisen..."